淘寶黃金手

第二輯 卷十一 一字千金

羅曉 著

目錄

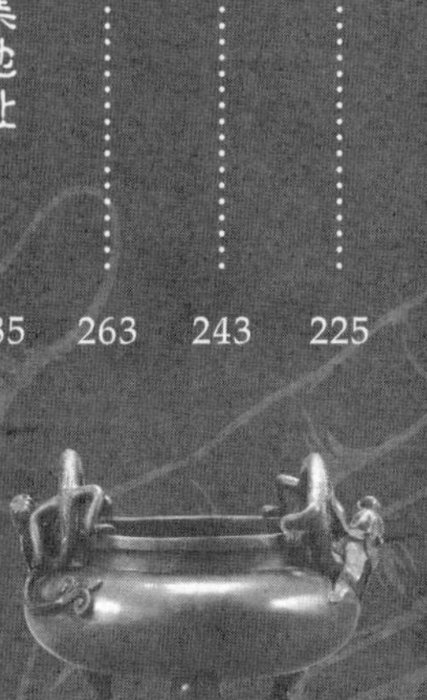

淘寶黃金手 第二輯

第一六一章

水滿則溢

「那幾樣東西，可是天底下最珍貴的無價之寶啊，
對普通人來說，也許一輩子都不能見到，更別說吃了，
這都是極大補的藥品，有極強的大補藥效。
你們一家人八成是太補了，這就是水滿則溢的道理。」

一下車，別墅門前的保鏢就迎了過來，急急地說道：

「周先生，家裏正急著呢！」

周宣帶了老何就直往裏面去，到了客廳裏，只見裏面亂成一團，每個人都仰頭向天，臉上蒙了熱水浸透的毛巾，白毛巾都給染得一片通紅，顯然是流了不少的鼻血。

周宣很是著急，這些人都是他最關心的親人，容不得哪一個人出錯，趕緊運起異能探測著，不過很是奇怪，異能探測過去，每個人的身體都很正常，並沒有什麼奇怪的地方，沒有一個人是有病的樣子。

老何到底是經驗豐富，看了看，當即問道：「是不是吃了什麼？」說著，首先給傅天來把脈診斷。

過了一陣子奇怪地道：「這個……很奇怪，傅老的脈相很平穩，精力旺盛，不像有病，反而像精力太盛，是不是吃了什麼補品之類的？」

一提到補品，周宣和全家人都恍然大悟，周宣趕緊說道：

「是是是，早上我用送給你的人參、何首烏、靈芝那三樣東西，還有其他的藥材，煲了湯給一家人喝，是不是這個原因？」

老何一拍大腿，說道：「肯定是了，小周啊，那幾樣東西，可是天底下最珍貴的無價之寶啊，對普通人來說，也許一輩子都不能見到，更別說吃了，這都是極大補的藥品，有極強的大補藥效。你們一家人八成是太補了，這就是水滿則溢的道理，補得太厲害了會壞事的。這樣吧，我開點疏堵的藥，吃了以後，只要不再盲目吃大補藥就好。這大補藥，對需要的人來講，是救命靈藥，但對於精神旺盛的好人來說，就是毒藥了！」

周宣擦著汗，訕訕地道：「前陣子，我還給家人煲了好幾天的何首烏大補湯喝，因爲見大家反應很好，又顯年輕，皺紋減少，白髮也變黑了，所以今天才又煲了這一鍋藥效更強的大補湯，沒想到就出事了！」

老何笑笑道：「你當真是暴殄天物啊，浪費了！之前你煲湯的時候，可能是傅老等人年紀大，身體虛，就算不虛吧，也不是很飽滿，所以你的大補湯很有效用。但時隔這麼近再喝，大家前幾天都補得差不多了，你今天煲的湯就可能超強過度了，所以出現了這種情況，還好發現得早！」

老何說完，從藥箱子裏找了些藥出來，分成七份，給每個人都發了點。

吃了藥後，一家人果真地止了鼻血。

周宣想了想問道：「何叔，奇怪了，我也同樣喝了這湯，怎麼就沒有這個症狀？」

老何笑笑道：「這很顯然，你的身體特殊，應該是身體吸收掉了，只要身體有需求，自然就不會顯露出滿溢的情況！」

周宣一想也是，自己喝得再多，也都被異能吸收了，異能只會更純淨壯大，不會出現旺盛到流出來的地步。

把家人的流鼻血治好後，老何也不多待，便說道：

「小周，我回去準備了，就這兩天，我會把企劃書拿給你看。選好地址後，我再電話通知你去看，如果可以的話，就這麼決定了！」

周宣把老何送出去後，回到客廳裏，然後對大家說道：

「爺爺，祖祖，爸媽，盈盈，這個老何是我朋友，是開醫術館的，想和我一起合作，我想以爺爺的身分出面，出資七千萬，老何那邊出資三千萬，組成一家醫療公司。爺爺，你看怎麼樣？」

傅天來有些詫異，周宣做事從來不用他來管的，但周宣說出來，便是把他們當長輩，而且周宣還以傅家的身分出資，是完全把自己當成了傅家的一分子，反正這個家就是周宣的，就不用多想了。

傅天來想了想，問道：「周宣，你決定的事，我都贊成。現在，我們傅家的股值還在下降中，沒有跌到谷底，我想再等兩天，等股價跌到極低處時，出手全力收購，之後我們再出資的話，就是傅家的獨資，你跟老何的醫療公司，也算是我們傅家的產業！」

傅天來並沒有想到這家醫療公司會給他帶來想像不到的巨額財富，不過，他是知道周宣的能力的，如果他要出手，又有合夥人的話，肯定是不會虧本的。只是，周宣為什麼會去弄一間醫療公司呢？

那個老何，傅天來倒是認識的，唐人街幾間中醫館他都認識，老何的為人在唐人街是公認的老實人，周宣跟這樣的人合夥，倒也不是壞事。

周宣點點頭，說道：「爺爺，一切你來決定吧，另外，公司如果再需要資金的話，您就再找一些木條，到時再通知我就行了。我不希望爺爺為公司的事太操勞，我想把這件事做完後，爺爺還是請經理人去打理，自己退休下來吧，好好享受人生！別自己太累了，公司真正有問題的話，我不會袖手旁觀的。」

「呵呵，有你這話就行，我已經決定要退休了，公司我放心得很，嘿嘿，有你在，我想我們傅家想倒都倒不了的！」

傅天來笑呵呵地回答著。

老何做事還真的很迅速，第二天一大早就打電話給周宣，說是讓他到市區的商業大廈看看。

周宣趕過去後，老何一身正裝，身旁是一個三十歲左右的男子，跟老何長得有幾分相似。

老何介紹道：「小周，這是我的兒子何興國，興國，快見過你周大哥！」

何興國趕緊叫了一聲：「周大哥，你好！」

周宣不禁啞然失笑，說道：「什麼周大哥不周大哥的，我比你小，叫我周老弟還差不多！」

老何已經跟家裏人說了一億多診金的事，當時就把一家人嚇暈了。然後，老何又說要開醫療公司，並且是與華人首富傅家合資，自己占三成股份。

家裏人並沒有開大公司的經驗，但聽說是與傅家合資，倒是有些興奮，尤其是老何的兒子何興國。傅家不僅僅是在紐約名氣大，而且在全世界都有極大的影響，排名世界前十的華人首富要給你投資，哪有人會不興奮的？

周宣瞧了瞧這座大廈的環境，這是新社區的高檔建築，十分豪華。

老何仰頭指著這棟大樓的頂端說道：

「小周，你看看，我們暫時租下這棟樓的頂樓兩層，一千多平方，月租是七十萬美金，價錢倒不是太離譜，小周，你看呢？」

周宣基本上是沒什麼意見的，便笑笑道：「到樓上看看吧。」

三個人一起乘電梯上樓。

這棟樓是老何的兒子何興國找的，最上面的兩層樓原來是一家國際大公司租用的，但是金融危機後，公司大虧就撤資了，這房子也就空下了。

走進七十一層後，周宣看到內部裝飾得富麗堂皇，十分氣派，到裏面看了看，各間辦公室都井井有條，極爲理想。

何興國興奮地向周宣介紹道：「周先生，原本這裡是一間日本很有名氣的公司，因爲金融危機，不得已被迫從紐約撤資。我想，如果我們租下這裏的話，等於只用花租金的費用，裝潢費就可以省掉了，這也是一大筆錢啊！」

周宣也點點頭讚道：「不錯，這地方確實不錯！」

老何笑道：「小周，如果你不反對，那我就把這裏租下了。爲了防止以後我們可能會遷到更好的地方，甚至是買下更好的地方，這裡我們就先簽半年或者一年的租約，你覺得呢？」

何興國一怔，隨即說道：「爸，只租半年或者一年，未免有些太可惜了吧？若是租別的地方，絕大多數都是毛坯房，還得自己出錢另外裝潢，太不划算了，而且，租金還會年年上漲，到時候租約期一滿，房東肯定要借機漲價，如果我們簽的時間長一點，就不會有這種情況了！」

何興國並不知道他們準備開的公司會有多賺錢，所以還在擔心各項開支費用的事，以他的想像，這些可以節省的花費就應節省才對，畢竟他老子掏了三千萬的大數目，他是老何的兒子，以後這些錢都是他的，他不得不仔細考慮。

周宣笑了笑，對於金錢的事，他不擔心，如果他願意的話，這個公司要超過任何一家國際大公司都不是難事，想想看，他們的客戶都是超級富豪，那些超級富豪爲了治病，把一輩子攢下來的財富都願意給你，而他們卻什麼都不用付出，唯一付出的只有周宣的異能，差不多就是無本生意，這點房租錢自然算不得什麼。

而老何也明白，周宣的治病能力太驚人，如果一個病人收費過億，是不成問題的，有錢人只要能救回自己的性命，絕對是捨得花這個錢的，想想看，在臨死的時候，你是要錢還是要命？

周宣還沒有說話，老何便即揮手斷然道：「興國，你去跟房東談好，這樓層，我們簽一年的租約，就這樣定了，你去辦吧！」

何興國有點可惜地去了，周宣笑著對老何說道：「何叔，你兒子不錯，挺節省的，不浮誇。」

老何笑笑道：「他是個踏實人，就是迂腐了點，創新不足。我倒是滿足了，兒子太能幹也不是好事，我也會擔心。現在，出事的頂層人物中，絕大多數都是太能幹的精英人才，只因爲太能幹，太進取，太不滿足，所以才會出事。」

「那也是，這樣就挺好了！」周宣望著大大的玻璃窗外，一棟棟的高樓如同岩壁一樣。

老何又興奮地道：「小周，還有件事，今天一大早，我的診所就被無數人堵滿了，都是來看病的。這些人都是陳太先介紹來的，看樣子都是有錢人，診金不成問題。不過，我已經拒絕了，我讓他們再等候通知，說現在公司搬遷，要到新公司才給治療！」

周宣淡淡一笑，越是有錢的人就越怕死，就越會追逐他們，所以，對於客源，他並不著急，全世界有錢的人多的是，想要賺他們的錢，容易得很。

「小周，你家裏人都還好吧？昨天的症狀好了嗎？」停了停，老何忽然想到了昨天的事，趕緊問起周宣來。

周宣點點頭，臉紅了紅，訕訕地道：

「都好了，何叔，其實，我只是個水貨醫生，除了治那些難症絕症之外，真正的醫理基礎，我是不懂的。」

既然與老何合作了，那以後治病的情況，無論如何是瞞不過他的，雖然他不會告訴他全部實情，但有些基本的事，還是必須跟老何說清楚。

老何明白，周宣是一個有奇怪能力的人。想想也知道，周宣擁有的能力，絕非普通的醫學知識，而是普通人無法掌握的絕活。這樣一想，也算合理，這大概就是爲什麼周宣什麼藥都不用，只是用手按摩一下，就能將愛滋病等疑難雜症治好的原因吧？

所以老何也把嘴巴閉得很嚴，不讓家人們知道一點關於周宣個人的事，只是告訴他們，他是傳家的孫女婿，是傳家的財產繼承人，在傳家是舉足輕重的大人物。

周宣見老何一直沉思著，不禁笑道：

「何叔，我看我們還得招聘些工作人員，把準備接受治療的人的資歷背景好好審查一下。同時，因爲客戶都是大富豪，所以我們的工作人員也要有極高的素質，薪水可以給得高一些。」

老何忙說：「招聘啓事我已經登在各大報紙上了，如果一切順利，明天就可以面試。你也過來吧，面試員工時，你在會比較好，看看他們合不合適！」

周宣本不想理這些事情，不過面試員工的事，若是有時間，他也想看看。

老何在窗前看著窗外的風景，看起來雄心萬丈，似乎都年輕了幾歲。周宣覺得很高興，能讓這個忘年之交的老朋友激起雄心，生活得更好，的確是一件值得安慰的事。

在大樓裏，何興國跟房東辦好手續後，三個人才一起回去。

坐在計程車裏，周宣笑道：「何叔，既然準備開公司了，還是先買輛車吧，何大哥跑來跑去地爲公司辦事，沒車也不方便。」

老何也不反對，既然是這樣的規模，有輛車也是應該的，也的確方便許多，到哪裡老是搭計程車也不是辦法。

何興國坐在前面的副駕座上，一聽到周宣說要買車，頓時興奮起來。他早就想買車，不過限於經濟實力，買車的願望始終是鏡中花水中月，這次聽到他老子說要開公司，一開始還很擔心，怕老頭子上當被騙，後來一聽說是傳家投資，才放心了。照理說，傳家的億萬家產，是看不上老何賺的那幾個錢的，再說，老何也只出資三千萬。

這會兒，聽周宣說要給他買車，雖然是公務車，但現在辦事的就他一個人，老頭子年紀大，又沒有學過駕駛，車子自然歸他一個人開了，於是，何興國心中十分興奮。

周宣微笑著說道：「何叔，買車的事，我看就讓何大哥去辦好了，反正車也是給他用，何叔就先撥兩百萬給何大哥買車吧，檔次不能太低了。」

「行，你說怎麼辦就怎麼辦！」老何當即點頭應允。

何興國當然很是高興，周宣一句話就把難題解決了。

在路口處，周宣讓司機停了車，然後對老何說道：

「何叔，你們回去準備，該怎麼辦就怎麼辦，該花錢的地方就花，別太省，明天我會讓爺爺安排個人選過來。先說好，我們這邊只管投資，管理還是在何叔。」

老何點了點頭，然後揮揮手。坐在前邊的何興國當真是高興極了，這個周宣，實在是想得太周到了，又大方，任由他發展也不限制。

周宣在路口處下了車，然後朝著唐人街的方向走去。

周宣走了幾步，心裏突然一動，回頭一看，只見羅婭笑吟吟地在他身後，笑面如花，金髮碧眼，豔麗動人，吸引了許多過路者的眼光。

「你怎麼又跟來了？」周宣皺著眉頭問道。

在這個時候，周宣最不願見到的就是她，他現在可不想跟官方的人物打交道。

羅婭微笑道：「喲，生什麼氣呢，你們不是有一句話嗎，什麼男子漢大丈夫，心胸寬廣些嘛，怎麼跟我這個小女子還要生氣？」

周宣停下腳步，然後淡淡道：「那你就直說，到底有什麼事？直接說，不用掩掩藏藏的！」

羅婭也乾脆地道：「那好，我就直說了，我想請周先生跟我走一趟，有點小事請你幫個忙！」

周宣皺著眉頭，但見羅婭笑吟吟的樣子，心想：要是不給她面子，只怕她會跟到家裏去，於是遲疑了一下，還是答應了。

「那好，我跟你去，不過我可告訴你，以後有什麼事，你打電話給我就行了，不要再來跟蹤我，也不要到我家裏去，否則我會直接拒絕你的。我不想跟你打交道，明白嗎？」

羅婭點點頭，手一招，一輛車開了上來。然後有兩個人下車來打開車門，恭敬地請周宣上車。

周宣既然答應了，也就不再多想，鑽進車裏，羅婭也跟著上了車，然後把車門關上，一股香水味直鑽入周宣鼻中。不得不說，這個女人極爲漂亮，跟傅盈和魏家姐妹的東方美，完全是另外不同的類型。

周宣在知道羅婭跟蹤他時，便已探測到後面緩緩跟著的兩輛小轎車，肯定是羅婭的人，所以車子停下後，他也不意外。

羅婭在車中打了個響指，前面開車的人便開車前行。

周宣問道：「到底是什麼事，現在可以說了吧？」

羅婭嘻嘻笑道：「小周先生，何必這麼急呢，等一會兒就知道了，不用心急。再說，我又不會吃了你！」

說實話，周宣自然也不會怕她，見她現在不說，也由得她，反正他也不想跟她打長久的交道，趕緊隨便幫她完成就好了，省得她老是來糾纏自己。

羅婭把車窗簾子放下來，坐在車裏看不到外面的風景，周宣也沒有說什麼，像羅婭這種特工，做事一向是神神秘秘的，看不看風景也沒什麼差，反正他也不認識路。

大約開了半個小時，到了一棟大廈的地下室。車子停下後，羅婭開了車門，笑吟吟地請周宣下車，然後自己在前面帶路。

到了電梯口，沒有別的乘客在等，一行人直接進了電梯。

在電梯中，周宣看到電梯中的按鍵數字極多，地上樓層有一百零二層，而地下則有三十多層，不禁怔了怔。這棟樓看來有些不簡單，地下都有三十多層，可不是普通的大樓。

一般的住宅大都不會有那麼多地下樓層，而商用住宅，除非是停車場，一般也不會蓋那麼深的地下樓層的，會建如此多的地下樓層的，只有政府單位或者某些大財團，通常是有秘密計畫，需要掩人耳目才會如此。

羅婭是中情局的特工，有秘密也不奇怪，但如果這裏是中情局的一個重要據點，那她把自己帶來幹什麼？

周宣這樣一想，頓時有些警惕起來。看羅婭按的樓層是地下二十一層，也就是說，往地下至少七八十米深的地方。如果羅婭要對付他，要是在下面出了什麼問題，只怕他還真有些頭痛。

這麼深的地底，想要逃出來，只怕不是易事，即使自己能控制她和她的同伴，但在地底下可不像在平地，會有很多不方便。不過，羅婭一直是微笑的表情，不像是要對他有什麼歹意的樣子。

電梯到了地下二十一層，周宣運起了異能探測著，一探測下，還真有些吃驚，前後左右，甚至是往下，他都沒能探到盡頭。要知道，他現在的異能探測距離可是能達到四百米，比起以前還要高出一倍，反而是往上探測還能探測到頂，沒有超過他的探測極限。

周宣警惕之下，當即用異能把四周的環境探測清楚。

羅婭帶著他到了一間有如實驗室一般的地方。羅婭停下腳步，然後對周宣說道：「周先生，我想請你做個試驗，沒什麼別的事，請你放心！」

周宣很是奇怪，好端端的要他做什麼試驗？再說，羅婭又不知道自己有異能，做試驗幹什麼？

羅婭伸手按了一邊的某個開關，不一會兒，便走進來四個人。周宣非常吃驚。他一直全力運著異能探測著，而這四個人顯然是處在他的探測範圍中，但他卻是半點徵兆也沒有探測到。

這四個人一進房間，周宣便見到這四個人從頭到腳都穿戴了一種類似太空服的服裝，周宣探測不到他們，可能原因就是出在這些衣服上。

周宣當即更是心驚了，他知道他的異能對外星的物質沒有探測和轉化吞噬的能力，也就是說，來自外星的物質對他來說是剋星。而這四個人穿著能防止他異能探測和轉化吞噬的衣服，那他們有什麼用意，就十分值得深思了。

如果他們是明確地針對他，那就說明，羅婭不可能對他一無所知，自己以爲她不知道自己的秘密，但現在看來，卻是失算了。而且羅婭的動機，顯然就不簡單了。

雖然知道中了陷阱，周宣仍是不動聲色，這個時候，他就算驚慌失措也無濟於事，反而讓對方竊喜。

第一六二章

恩將仇報

周宣盯著羅婭，羅婭的眼神稍顯驚慌，不過一閃即逝。
周宣一聲冷笑，冷冷道：「都說人心隔肚皮，果然不假。
羅婭，我也實話實說，當初如果不是我暗中救了你，
你早就被馬克姦殺了，現在你反來恩將仇報？」

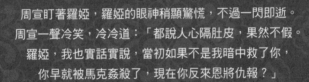

周宣盯著羅婭，羅婭的眼神稍顯驚慌，不過一閃即逝，然後說道：

「周，對不起，這個試驗我沒跟你先講清楚，會有些特別。他們想試驗一下你的能力反應等等，等測試完，我再請你吃飯，給你賠罪！」

周宣一聲冷笑，冷冷道：「都說人心隔肚皮，果然不假。羅婭，我也實話實說，當初如果不是我暗中救了你，你早就被馬克姦殺了，現在你反來恩將仇報？」

羅婭臉一紅，沉默了一下才低聲說道：

「周，對不起，我知道是你救了我，但你這次對馬克等人動的手腳太厲害了，他們的人接二連三死掉，而且查不出死因。現在，一切疑點都指到你的頭上，所以，我們的特別研究部門要求要對你進行特別測試！」

羅婭還有一些話沒說出來，那就是她的上司懷疑周宣擁有特殊的能力，這是她的上司想要知道的。這個部門是一個特殊的秘密部門，極早就在從事研究超能力等等神秘力量。

其實羅婭根本不知道還有這麼一個部門，如果不是上司要她接近周宣，再把他帶到這裏來，她也不可能會知道。

當然，如果非要把周宣帶過來，他們還有無數種方法，但畢竟不願意弄出人盡皆知的大麻煩來，所以用了最簡單的辦法，讓羅婭出面。

周宣的身分畢竟很特殊，傅家的身分地位也不同一般，富可敵國的財富讓傅家與政府無數權要大員們往來關係甚密，所以，想要動周宣不是易事，要不引起注意的話，就只有偷偷測試這個方法了。

那四個人上前，前後左右架住了周宣。周宣掙了掙，沒掙動。他的能力只在對方不能抵抗他的異能之下才有效，如果對方抵擋住了他的異能，那周宣就跟個普通人一樣，比起傅盈還遠爲不如。傅盈自身還有極強的武術功底，等閒幾個人肯定近不了她的身，但周宣就沒那個能力了！

四個人緊緊控制住周宣，把他挾制住，然後到另外一個房間。

這個房間裏面，全是各項儀器設備，跟進來的羅婭也有些色變，說道：

「你們答應過我的，不能傷害他，你們只是做一些簡單無害的測試啊，不能傷害他啊！」

這會兒周宣才頓時明白，羅婭也只是被利用的人而已。虧她還是一名特工呢，這些人哪會講什麼信用？他們講的，完全只有一個「需要」二字，對於他們有需要的事，無論如何他們都會做，根本不會管什麼道德和理由。

四個人把周宣按到一個平臺上，再按動開關，立時便從四個地方彈出機關來，鎖住了周宣的雙手雙腳。

周宣雖然動彈不了，掙扎不過，但異能卻還是能運出來，探測著整個房間裏的儀器設備。

目前，鎖住他手腳的機關是含有外星物質的，他探測不進去，也轉化吞噬不了，逃脫不了禁制。

就在這時，從門外又進來五個人，四男一女，男的都是五十多六十多歲的老者，女的是個大約三十多歲的中年人。這五個人卻沒穿任何防護服，周宣的異能可以清楚探測到，也可以隨手控制住他們這五個人。

周宣在跟羅婭來的時候，已經按了語音交流器，所以可以聽懂這些人說的話。

羅婭衝到這幾個人面前，急急地說道：「你們答應過我，不能傷害他的，只是做簡單的測試，你們得答應我……」

爲首的老頭惱道：「拖出去！」

那四個穿防護服的人立即把羅婭拖出了房間，然後把門關上了。

那老者又說道：「準備進行測試，儀器開機，測試正常！」

周宣探測到，那些儀器中並沒有外星物質，阻撓不了他的異能，雖然不能逃脫鎖住他的平臺，但毀掉這些設備卻是輕而易舉，而且也可以解決那五個人。

那老者又說道：「我們以前有的記錄當中，有隔空攝物的，有能讀懂別人思想的，有能控制金屬的，這個人的能力又是什麼？」

那個中年女子打開捧在手上的本子，看了看，然後回答道：

「盧森教授，這個人的能力，估計應該與金屬有關，但跟之前那些能控制金屬的異能人不同，這個人只能控制黃金。馬克那些人的身體血液中檢查出來的，只有黃金成分，血液中的量剛好致命，要檢查還真不容易，因爲沒有明顯的內傷。中情局的檢查結果是，他們有可能使用了黃金餐具因而中毒，而且，這個量並不是很大，所以不會馬上毒發，而是慢慢發作，等到發現的時候，想救也來不及了。」

那個盧森教授問道：「沒有別的發現嗎？」

那女子點點頭道：「暫時沒有！」

盧森教授看了看被控制在平臺上的周宣，然後揮揮手道：「先抽腦髓骨髓和血液，進行化驗！」

在盧森教授身邊的另外三個人，當即在器械盒中取了針頭針管，然後往周宣這邊走來。那針頭都是有二十公分長的大針頭，因爲是要取骨髓和腦髓，所以針頭是特製的，又長又硬。周宣惱怒起來，沒有經過他的同意就對他進行這麼狠毒的測試，取骨髓還罷了，取腦髓可是對人體有極大傷害的，稍有不慎便會讓人變成癡呆。

那三個人取了針管過來，圍在周宣身邊，前邊的人拿針管在找頭部下針的位置，取骨髓的人則在周宣的腿骨處找位置，取血液的人則是準備在周宣的手腕上抽血。

周宣越發惱怒，當即運起異能探測著這三個人的針管。這些東西都不是特製的，屬於他能控制的東西。周宣不再遲疑，針頭已經快要扎到身上了，趕緊運起異能把這三個人凍結了，再把三支針管的針頭轉化吞噬掉，沒有了針尖，那針管即使掉下來扎到他身上，也不會扎進肉裏。

那三個人頓時跟木偶一樣，動彈不得。

盧森教授等了一會兒，見這三個人仍然沒有動彈，當即說道：「你們三個人在幹什麼，怎麼還不動手？」

周宣知道這個老傢伙就是主謀，心中的怒氣一起，既然他們這樣對付他，那他也沒必要對他們手下留情了。

現在看來，這些人只知道他有異能，但並不知道他的異能是什麼，有什麼用處，以及對他們有什麼傷害。他們以為用外星金屬的鎖銬就能完全控制周宣，卻忘了那三個人並沒有外星物質防護。

周宣毫不猶豫地運了異能，這次不是把盧森的腦髓都吞噬了，只是將他左腦的腦髓轉化吞噬了一點，對性命沒有妨礙，但對智力卻有極大的影響。

盧森正要再喝問那三個助手時，忽然間腦子一冷，呆了一下，然後腦袋裏一片空白，隨即什麼都想不起來了。

看著眼前的場景，盧森突然覺得很古怪，便問道：「你們在幹什麼？這個人是幹什麼的？」

那個女的詫道：「盧森教授，你怎麼了？」

「盧森？盧森是誰？」盧森傻呆呆地問道，偏著頭，皺著眉頭苦思了半天又說道，「我又是誰？」

那女的見狀驚奇不已，不知道到底發生了什麼事，而另外三個助手也傻呆呆地拿著針筒站在那兒，不知道是什麼原因。

周宣對盧森做的控制有了效果，便準備一不做二不休。自己這次並沒有用轉化黃金的方式讓他們中毒，而是轉化吞噬了他們腦子裏的腦細胞，即使要查，他們也查不出什麼來。

那三個被他定住了的助手和那個女子，周宣都用了與盧森同樣的手法，四個人頓時便跟盧森一樣。這幾個人馬上就喪失了之前的所有記憶。

他們這種情形，是不可能再恢復的，若是大腦受到撞擊失去了記憶，傷勢恢復後，記憶腦細胞重生，還有可能恢復記憶，但周宣是把他們的記憶腦細胞完全給摘除了，就好像是手腳被切掉了，是永遠都不能再找回來的了。而且，以後永遠都會活在沒有記憶的日子裏。

也可以說，盧森這五個人就此完結了。

周宣並不覺得他下手狠毒，如果不是他們先這麼狠毒，他又怎麼會下這個手？

而且，這些人做這樣的事，顯然是司空見慣了。不知道曾經有多少個人被他們傷害過，從這個角度看，周宣反算是做了一件好事。

盧森這些人本以為用含有外星金屬物質的鎖具鎖住周宣後，便萬事大吉了，但這次顯然是失手了。以前他們對付別的異能者也是如此，都十分順利，但是因為周宣的異能太奇特了，其他的異能人，沒有一個跟周宣的異能相類似，再加上周宣自我領悟出來的其他能力，已經遠遠超過了盧森教授的想像，才會落得如此下場。

房間中的五個人都傻呆起來，搞不清楚房間中究竟發生了什麼事，周宣看了看，把門打開走了出去。

那三個穿防護服的人見不對勁，當即奔進來，拿了東西準備砸暈周宣，看來周宣雖然被他們鎖住了，但還是有能攻擊的能力。

周宣偏頭躲過了一拳，緊跟著，那三個人的拳頭如雨點一般而下，周宣在疼痛之下，又轉化不了鎖住他手腳的器具，情急之下，只好把太陽烈焰的高溫運了出來，籠罩在身周五米以內的範圍內。

那三個人身穿的防護服雖然能抵擋住周宣的異能探測和轉化吞噬，卻擋不了上千度的超高溫，防護服在瞬間被熔化成了空氣，防護服裏面的人也給熔化了，剎那間化為灰燼，消失於無形。鎖住周宣的器具也被高溫熔化掉。

周宣一喜。自己的異能雖然不能轉化吞噬這些含有外星物質的東西，但太陽烈焰卻能熔化一切。

在這一刻，周宣懂了，太陽是顆超高溫的恆星，那些外星球的物質無論怎麼強勁，但在太陽的超高溫下，一樣也會被熔化掉，化爲烏有的，而他的太陽烈焰能力，雖然不可能達到太陽那樣的高溫，但他的溫度卻已超過目前地球上能達到的煉爐高溫，比地球上任何設備能達到的高溫都還要強。

簡單地說，他的太陽烈焰能力，讓他就像是一顆小太陽一般。

周宣坐了起來，看了看天花板，到處都是監視鏡頭，趕緊運起異能，順著探頭的金屬線，達到控制室的終端處。

那裏的保安都沒注意到發生了什麼事，平時這裏從來沒出過意外，所以他們都沒有做任何防備，也正因爲這樣，才保住了他們的安全。周宣沒有把他們也變成跟盧森教授一樣的廢人，只是把監控室的影像全部毀壞掉。

走出試驗室，周宣回憶了一下來的路徑，然後思考著該往哪邊走。異能同時檢查探測著各處的情況。

在數十米外的一條走道上，周宣意外探測到了羅婭。

羅婭正蹲在走道上痛苦的抽泣，嘴裏還在低低地念著：「我不是要傷害你，對不起，我真的不是要傷害你……」

周宣嘆了一聲，這個女人一直在這樣的環境中生存，竟然還相信這些人？她應該比任何人都明白這些人會做出什麼事情！

周宣當下慢慢走了過去。

羅婭一直沒有抬頭。在這裏，她根本是無能爲力的。本來上司讓她把周宣帶到這裏，說是有部門要給他試驗一下，羅婭問了不會傷害到周宣後才行動的，但到了這裏才發現，情況根本不是那麼一回事，當她看到那些人拿著長針頭準備抽周宣的骨髓和腦髓時，才知道自己上當了。

羅婭想起，當時她被馬克綁在床上哀聲呼救的時候，是周宣救了她；後來，馬克把她和周宣沉到江底，也是周宣救了她。

也不知道怎麼回事，自從在江底被周宣對嘴運氣之後，她總是想起周宣來，有時甚至一整天都在想著這個男人，雖然周宣對她並不親密，但不可否認，周宣是個好人。現在，這個男人卻被她親手斷送了，她心裏的痛楚當真是無法形容。

正在痛苦時，她的肩上被人輕輕拍了拍。羅婭抬起一張淚臉，模糊的淚眼中，看到周宣那張熟悉的臉龐，怔了怔後跳了起來，驚喜地摟著周宣叫道：

「你……你沒事？他們……他們把你放了？」

周宣伸手捂住了她的嘴，低聲道：「先出去再說，他們可不會放我，是我把他們制服了逃出來的，快走！」

羅婭又驚又喜，趕緊住了聲，帶著周宣從原路返回。

直到在停車場中開了車逃出大樓，上了公路後，羅婭才顫聲問道：

「究竟是怎麼回事？還有，周宣……對不起……我……我真不知道他們會這樣……對不起……」

周宣淡淡道：「好好開車，別說這些了，你要說的我都知道。我要是怪你，就不會來找你了。」

羅婭這才住了聲，然後專心開車，加快了車速，直到開到一個地方後，才猛然剎車，停了下來。

周宣看看眼前，這個地方竟是上次他們被馬克綁了石塊扔下江的岸邊，羅婭怎麼會來到這個地方？

羅婭把頭伏在方向盤上，抽抽噎噎地哭起來，一邊哭一邊說道：

「周……對不起，我知道你上次在馬克的別墅救了我，在這裏又救了我一次，但我卻恩將仇報，反而來傷害你，對不起……」

周宣冷冷地道：「做了就做了，這個世界上又沒有後悔藥可吃，又不會讓時光倒流，算了吧。這次的事，我已經將那裏的監控錄影都毀掉了，而且那五個人都成了傻子，另外三個穿防護服的助手也被我消滅了，是找不到證據的，但有人失蹤不見了，一定會引起注意，他們一定會調查的。現在，那五個教授大腦出現問題，一旦被發現，一定會引起不小的轟動，只要一細查，肯定會查到你我頭上。我現在要回去找爺爺商量一下，看看有沒有解決的辦法。以後你就不要再來找我了，我不想再跟你有任何瓜葛，如果你為我和我的家人著想，就不要再來找我了好嗎？你對我的傷害，我就當沒有發生過。」

羅婭抬起淚臉，仍舊抽泣地說道：

「周，你原諒我吧，你原諒我好嗎？」

羅婭這張絕美臉龐梨花帶雨的樣子，誰看了都會可憐，不過，周宣只有一絲憐憫之心，卻沒有動情，只道：

「你不用求我原諒，我從來都沒有怪你，也沒有埋怨你，所以談不上原諒不原諒的。你開車送我回唐人街的路口吧，我們就在那裏分手。我得趕緊準備一下，否則這件事會惹出麻煩的。」

羅婭莫名其妙地心痛起來，咬了咬牙，把車調了頭，然後往唐人街的方向開去。

到了路口處，周宣下了車，回頭望了望羅婭，想了想說道：「以後，我們不要再見面了。」說完，頭也不回地走了，甚至不再運異能探測身後羅婭的情況。

這個女人，他最好是不要再招惹到了，一旦給她糾纏上，一定會出大問題的，最好離她遠一些，否則就再也別想過自由自在的日子了。

周宣邊走邊想著，回去該怎麼跟傅天來說這件事。直到走到家門口，周宣也沒想到要用什麼方法跟傅天來說。

保鏢早迎了出來，把周宣接了進去。周宣快快地回到了客廳裏。傅天來和傅盈都在，傅玉海和周蒼松夫妻則抱了孩子在後院。

周宣見父母不在，心裡覺得好過一些，這些事可不能讓父母知道了，他們一定會擔心的。

傅盈是最懂周宣的人，看到周宣的表情，當即關心地問道：

「周宣，有什麼心事嗎？」

周宣沉吟了一下，看了看傅天來，然後說道：

「爺爺，我……出了點事……」

這件事不可能再瞞得過去，如果不跟傅天來說，只怕會引起更嚴重的後果。

傅天來一怔，趕緊問道：「周宣，有什麼事，你趕緊說。」

傅天來本來是要給周宣報喜訊的，今天終於出手把傅氏的股份全部收購了。

傅氏在股價最低時把股份全部回收，以四百億的現金完成收購，成了傅氏唯一大股東。這件事在全球引起了極大關注，成了今天最轟動的新聞。

而且傅氏的出手還不止此，他還一舉把另外兩家五百強的大公司收購了。對於外界來講，傅氏收購所需的大筆現金是從哪裡來的，是一個謎。

世界各國的金融首腦們都猜測，傅氏背後肯定有美國政府在撐腰，否則，以傅氏自己的力量，是絕無可能做出這麼大行動的。

據可靠消息透露，傅氏實際上已經彈盡援絕了，幾大銀行都已經斷絕了對傅氏的貸款，可以說，傅氏不可能再有大筆的現金拿出來。

這倒不是銀行不想貸款，銀行不貸款，又拿什麼來吃利息呢？只是他們目前在金融危機中自身難保，已經顧及不了其他的。

而傅氏忽然驚天一擊，以極小的代價獲得了極大的收穫，收購完成後，傅氏的股價立刻漲停，成為股市裏唯一一支漲停的股票。

世界上的金融大亨們都是消息靈通的人士，各有各的管道，他們得到的消息是，傅氏的資金是來源於央行聯儲，那是官方最大的銀行機構，這就可以說明，傅氏是得到了政府支援，是有官方背景在撐腰的。

實際上，他們都估計錯誤，傅天來是有官方的朋友，但說到底，凡是像他們這樣的金融寡頭，又有誰不是與官方有千絲萬縷的關係呢。

傅天來有超過萬噸的黃金，在這個時候，他如果與銀行進行黃金兌換，肯定會引起各方的注意，只要消息一走漏，傅氏的股價就會提前狂漲，那他的計畫就會失敗。

而超過萬噸的黃金儲備一旦拋出，無論是在哪個方面，都會引起極大的轟動，官方自然也會插手。因此，傅天來索性與官方高層直接聯繫，以低於市場的價格將黃金兌換給央行，換得一千億的現金。

官方也因此得到了市場差價兩百億美金和巨量的黃金儲備，這樣的事，他們何樂而不為呢？當然很快就與傅天來互訂了盟約。

而傅天來挽救了傅氏的公司，也等於給狂洩的股市添了一劑強心針，多少會對市場起到鼓舞的作用。

在金融危機之中，增加黃金儲備一直是各國抑止危機爆發的最佳方法。像這麼大量的黃金，官方要是讓傅天來把它們兌換到其他銀行，只能引發更大的經濟恐慌，那才是真正的麻煩事。

而傅天來卻把黃金兌給了政府央行，並且又給政府送了兩百億的差價，這一舉獲得了官方高層的好感，在傅氏需要的時候暗中相助一下，那便是不用想的事了。

傅天來出手收購的時候，傅氏的股價正是極低點，整個傅氏的市值縮水到只有六百億美金，而大舉收購完成後，傅氏的市值則是暴漲到了五千五百億美金，而且還在持續猛漲，甚至漲停。

傅天來大獲成功，又與官方達到歷史以來最佳的關係，此刻，傅天來正想等著周宣回家，跟他分享這個天大的喜訊。

但周宣回來後，卻是一臉的怔忡。傅天來由於太高興了，也沒有注意到，只有傅盈感覺到了周宣的不尋常。

周宣看了看傅盈，又看了看傅天來，仍是有些猶豫。沉吟了一下，才把前陣子與羅婭和馬克的事全盤托出，一直說到被羅婭帶進秘密試驗室，都一點不漏地說了出來。

傅盈越聽越氣憤，傅天來的臉色更是陰沉，周宣一說完，他氣得猛一拍桌子，「噹啷」一聲，把茶杯都震翻了，罵道：「中情局的人太過分了，忘了他們是在花納稅人的錢了嗎？」

惱了幾句，傅天來立刻抓起電話打了出去。

傅天來說得又急又大聲。從內容上聽起來，他應該是給某個議員和副總統打電話。

一連打了五六個電話，花了一個多小時，傅天來一直是很激動的聲音。

打完電話後，他才看到周宣和傅盈還在客廳裏，兩人都呆望著他，也不出聲，聲音才頓時小了下來，溫和了很多，對周宣道：

「周宣，別擔心，這事我已經連絡了官方重要的人物。我們傅家的身分地位，在這兒可是舉足輕重的，官方若是要逼我們出走，那是自尋死路，他們肯定不會幹的。我們傅家一年爲政府付了上億的稅，爲他們解決了數萬人的就業問題，他們是不敢得罪我們的。

這一次，他們做得太離譜了，這是對我們傅家的迫害。我剛剛跟副總統和國會議員等幾個熟識的朋友打了電話，這件事，如果他們不好好解決，並且給我們一個滿意的答覆，我就要把這件事抖出去。

現在，我們傅家的資產已經倍增，將成爲世界上資產最雄厚的首富，在這個關頭上，他們是不會輕易跟我們做對立的事的！」

如今，傅家已經一躍而升爲世界首富了，以目前的股價來看，傅氏財團的總資產已超過了五千億，目前世界上，還沒有任何一個家族擁有這麼龐大的財產。

就在這個紅火震天的情景中，傅家竟出了周宣這檔事，傅天來當然生氣了。而且，他與國家央行的首腦們在這段時間接觸甚密，這回又給了他們這麼大的好處，傅家的事，他們自然也應該出手了。

事實上，出現在周宣身上的這種事，其實並不少見，關鍵在看你是什麼人，什麼身分。周宣作爲傅家第三代的重要人物，當然不是這些官方機構想要幹什麼就能幹什麼的。

雖然周宣將他們的人弄消失了三個，另外五個重要的科學家還給弄成了傻子，但傅天來仍是以最高的姿態與官方高層交涉。

第一六三章

化險爲夷

來到紐約後，周宣和家人們還從沒有正式出去遊玩過，
一是傅天來沒有空，又因為傅家集團面臨著重大危機，也沒有閒心去做別的。
好在周宣的出手，讓傅家的風險化險為夷，更將傅氏集團的資產暴增十倍。

這一晚，傅天來都在忙碌地跟人通電話。第二天一大早，傅天來便叫起周宣，一身正裝準備。周宣不知道是什麼事，但猜測是與昨天的這件事有關。事關全家人的安危，他也不敢輕易說什麼，只能跟著傅天來。

保鏢開了車，傅天來跟周宣坐在後面，周宣也沒有問傅天來要去哪裡，反正傅天來也不會把他給害了。

到了目的地後，周宣才吃了一驚。原來這裡是傅氏總部。一樓大廳已經是人山人海，到處都是人，至少有超過百名的保鏢以及警方人員在維持秩序。

傅天來和周宣一到，立刻被警方人員從安全通道護送而入，進入到早已準備好的新聞發佈現場。

當傅天來和周宣到達後，人群就湧動起來，各種閃光燈、長短鏡頭，晃得周宣眼都花了。

傅天來把他帶到公司裏來幹什麼？而且還是新聞發佈會的現場！周宣頓時隱隱有種不好的預感。

傅天來站在麥克風前，沉聲說道：

「讓大家久候了，這個新聞發佈會，現在正式開始。今天是我們傅氏集團的重大日子，我首先公佈兩件事。第一件，我，傅天來，將辭去傅氏集團執行董事與傅氏總裁的職務！」

傅天來的話，讓大廳中的人更是哄亂起來，傅天來這是怎麼了？看起來身體不錯，精神健旺，又在昨天突然一舉將傅氏變成了獨資，這樣的豪舉，又有幾人做到過？風頭正勁時，怎麼會激流勇退？

一切的問題都還得等傅天來的下一步解說。

而傅天來說的第二件事，卻又讓現場眾人吃了一驚！

「現在我公佈第二件事，從此時起，我的孫女婿周宣，將擔任傅氏集團執行董事和傅氏總裁的職位！」

這個公佈比剛才傅天來宣布他辭去職務時還更要令人震動，如日中天的傅氏集團就將由這個年輕的周宣來領導了。

周宣也吃了一驚，果然如他所料，不是好事，但此時他卻是作聲不得。無論如何，他不能拆了傅天來的台，而且傅天來沒有事先告訴他，肯定有他的理由。

頓時便有記者要對周宣提問，傅天來說道：

「對不起，我們傅氏集團的新任領袖暫不接受任何新聞訪問，有什麼問題，稍候我們將會派出傅氏的正式發言人來回答，謝謝！」

留下了大批的記者，傅天來便攜了周宣進入後面的安全通道離開，直抵傅氏大樓的總裁辦公室。

傅氏的總裁辦公室位於大樓六十四層的頂樓，豪華的超大辦公間，橢圓形的紅木辦公桌，精製的手工沙發，無一不顯得富麗堂皇。

到辦公室裏的沙發上坐下後，漂亮的女秘書立刻送上咖啡。

等到女秘書退出去後，周宣才問道：

「爺爺，這是怎麼回事啊？」

傅天來擺擺手道：

「我知道你有疑問。之所以沒有事先告訴你，是怕你不願意。事急從權，我現在就解釋給你聽。昨天你在中情局秘密機構所引起的事件，十分重大，所以我只能下一味猛藥，否則對你有極大的危險。現在，我把你推上傅氏集團的領袖位置，他們就不能輕易對你動手了，中情局也沒有這個分量。另外，我也與官方最高權力層協商過，他們將會解決這件事，保證我們的安全和不被騷擾，我讓你繼任的原因就在於此！」

周宣愣了半晌，說不出話來，他也知道傅天來現在不會逼迫他上任，何況，傅天來做的事，都是爲了他的安全，他也沒有話說。

呆了一陣，周宣才說道：

「爺爺，可是我……當真不會管理公司，也沒有興趣……」

「我知道！」傅天來擺擺手，然後說道，「這個你不用擔心，我已經安排了專業經理人和決策小組，你並不需要親自去管理公司的事務，公司的事務將由他們來管理完成，而他們所進行的重大事務由你來簽字決定，所以，你只需要管理他們就行了！」

周宣這才釋然。這個總裁職務有實權，但不用管理公司，公司的一切事務將由專業人才來管理，傅天來請的這個小組能力超強，經驗和管理都極其豐富，公司真有什麼事，傅天來依然可以遙控指揮。傅天來並不是真要把他推到這個位置上，但卻是目前能讓他處於最安全的辦法。

傅天來也明白，要想一下子把事情都推到周宣身上，也是不切實際的。而且，在重大決策上面，周宣也沒有經驗，這些事仍然必須由他親自處理。

明白了傅天來的用意，周宣便輕鬆多了。任誰也想不到，這個新世界首富之家的掌門人會如此不靠譜。

傅天來也笑了，撫摸著頭上的白髮笑道：

「這下好了，過幾天，我們一家人就出去散散心！在這兒真的很煩心。我還得要保持我的這副形象，以前總是怕老，要裝年輕，現在真的變年輕了，卻又怕被人看見，反而還要扮老，呵呵呵，還是到國外好，沒有人認識我，沒有壓力！」

傅天來已年過七十，終究會有動不了做不了的一天，到那時，周宣想不管也不可能了，傅家的頂梁柱始終還是要由他來支撐。不過，傅天來並不擔心，周宣是個有責任心的男人，只要給他時間適應，他絕對可以把傅氏企業帶領下去的。

「不說這個了，周宣，回去後，咱們開遊艇到海上轉一轉，散散心去！」傅天來擺擺手，把這個話題放下，然後說起了高興的事情。

傅家有兩架私人飛機，一架是可容百人的豪華客機，另一架是二十六人座的小型商務機，另外還有三艘遊艇，兩艘小的，大的那艘是超級遊輪。遊艇上配有游泳池、娛樂場等豪華設施。

來到紐約後，周宣和家人們還從沒有正式出去遊玩過，一是傅天來很忙，沒有空，又因爲傅家集團面臨著重大危機，也沒有閒心去做別的。好在周宣的出手，讓傅家的風險化險爲夷，更將傅氏集團的資產暴增十倍。

如今的傅氏集團變成了傅氏家族獨資，完全由傅家人說了算，而且以後也不用擔心，即使遇到再大的金融風險，有周宣那取之不竭用之不盡的點石成金的能力，就可以高枕無憂了。

這件事讓傅天來最爲心喜。世界上任何一個金融家，都渴望擁有一雙黃金手，因爲這樣就可以跨越所有風險和陷阱，讓自己在爾虞我詐的商戰中擁有不敗之地。

然而，這畢竟是一種夢想。

除了周宣之外，世界上應該還沒有任何一個人，可以擁有如此力量，因此，商戰中的潮漲潮落，仍是沒有任何人可以抵擋的命運。

有時候，周宣也覺得，自己的特異功能似乎是對別人的一種不公平，因為他所獲得的一切，都不是靠自己的辛苦努力得來的，完全是依仗著某種神秘力量。一旦這種神秘的力量從他身體中消失，那麼，他那令人欲生欲死的巨大魅力和能量，也將不復存在。

回到家裏後，傅盈和周宣的父母以及傅玉海等一家人，帶了兩個小孩逛街購物去了。傅天來本想讓他們一起乘遊艇到海上遊玩的，但他們出去了也就作罷了。

問了周宣的意見後，傅天來準備開那艘小的遊艇出去，在海上散散心，釣釣魚！好久沒有這麼放鬆過了！今天宣布退休後，他才發覺自己無事一身輕，明天終於可以不用上班了！

由六名保鏢開車隨同，到遊艇俱樂部將遊艇開了出去。

這艘遊艇雖小，但麻雀雖小，五臟俱全，休息室、餐廳、娛樂室一應俱全。甲板上還有一張桌子，保鏢將庫藏的高級紅酒取出來給傅天來和周宣倒上。

看著天空上的朵朵白雲，周宣笑了笑，對傅天來說道：

「爺爺，要不要喝冰過的酒？」

傅天來呵呵笑著點頭，說道：「好啊！」

周宣伸出手指在紅酒瓶上輕輕彈了彈，運用冰氣異能將紅酒的溫度降到零度左右，在這大熱天裏，這個溫度不會結冰，但冰涼過後，口感會更好。

傅天來端起來喝了一口，一股冰涼的感覺直沁入身體，從嘴裏一直涼到腹中，再從腹中又涼到全身，毛孔舒散開來，不由得讚道：「爽！」

周宣笑著對六個保鏢說道：「你們也來喝一杯吧！」

傅天來欣賞的便是周宣毫不做作，身家再高，也從不把自己弄得高高在上，讓身邊的人是真的喜歡他，而不是說假話吹捧！

那幾個保鏢認識周宣的時間雖短，但對他的性格卻很瞭解，知道他是很爽快的一個人，沒有半點老闆的高傲性格，但同時卻有讓人心服的領袖氣質。

周宣讓他們喝酒，他們便看著傅天來。如果傅天來不在場，保鏢們肯定不會客氣，但現在傅天來也在，就不得不守守規矩了。

傅天來笑笑揮手說道：「喝吧，不用那麼拘謹，都是自己人！」

六個保鏢大喜，喜笑顏開地各自倒了紅酒喝起來。

周宣讓他們再多拿幾瓶出來，喝個盡興。

喝了幾杯酒後，傅天來便吩咐保鏢把釣竿等漁具拿出來準備釣魚，並道：「你們幾個，把燒烤器具擺好，火生好，準備烤魚。」

這是遊艇上早就準備好的，烤具、炭火、佐料，一應俱全，因爲傅天來十分喜歡燒烤。不過因爲公務太忙，傅天來很少來遊艇上，經常開遊艇出來的，是李俊傑和喬尼。如今喬尼和他的媽媽被傅天來打入冷宮，二女兒一家人又去了臺灣，這艘遊艇其實是長期被擱置在俱樂部。

眼下，傅氏的危機解除了，傅天來心情欣喜又輕鬆，釣魚也專心起來。

遊艇所處的位置，差不多在十五海里以外，這一帶的深度超過了四百米，周宣探測不到海水的深度，不過遊艇四周四百米以內有沒有魚，周宣卻是探測得到。

六個保鏢準備好了燒烤工具，生好了火，等了半天，也沒有釣上一條魚來，未免有些失望。

周宣笑著把衣服褲子除下，說道：「我下去抓一條魚上來，不過要看運氣，看看我能不能抓到一條大魚！」

幾個保鏢一見，趕緊到倉庫裏取了幾具潛水設備過來，準備陪著周宣一起下去。周宣現在的身分是他們的老闆，身價非凡，世界首富啊，可容不得有半分閃失。

周宣笑笑擺擺手道：「不用了，你們在遊艇上準備好，我一個人下去就好，抓一條魚就上來，沒有問題的！」

保鏢們都猶豫起來，又拿眼望著傅天來，傅天來笑呵呵點頭示意，說道：「沒事，隨他去吧！」

見傅天來都這麼隨意，絲毫不擔心，幾個保鏢也都有些奇怪，但老闆都同意的事，他們也只能遵從。

周宣笑嘻嘻地只穿了短褲，便從甲板上直躍入水，幾個保鏢沒想到周宣說跳就跳，也沒有穿潛水服，不禁有些擔心。

傅天來笑笑道：「不用擔心，周宣水性好得很，你們就算穿潛水設備也是比不過他的，所以不用擔心。」

擔心也沒有用，周宣已經跳進海中去了。

現在風平浪靜，海水只微微起伏，遊艇已經熄了火，完全靜止下來。

這些保鏢很好奇，這赤手空拳的，要到海裏抓魚是很難的，而且周宣還沒有穿戴潛水設備，又能潛多久？這又不比淺海，在海邊的水底，還可能會抓到一些海魚，但這裏是深海，水深超過了一千米，是不可能潛到海底的，要在海中抓到魚，無疑難上加難，費盡心力也不容易抓到。

周宣跳進海水中後，運起異能全力探測著，以中心點的位置，底下能探測到四百米深，前後左右能探測到八百米，近一里的海域中的動靜都能完全顯現。

現在，有一些零散的魚游了過來，不過沒有魚群。當然，這不像之前在南海的漁船上那樣，他不再需要打捕大批的魚群，只要夠他們幾個人吃就行了，如果徒手只能抓一條魚的話，那最好抓一條比較特別的魚，吃起來才夠勁。

周宣緩緩游動著，在水中探測著海水中魚類的動靜，也有百十斤上下的海魚游過，不過，周宣探測到這些魚的肉質有些粗，烤熟了應該不會太鮮美，所以也不想去抓。

又過了十多分鐘，周宣忽然探測到左前方四百米外有四條兩米多長的虎鯊正在追逐小魚，不過途經的方向並不在他這邊，而是斜前方五六十米的地方。

周宣一喜，趕緊全力往左邊五六十米外游過去，準備在前頭堵住牠們，因爲距離這邊尙有四百餘米，他可以趕到，而且那四條虎鯊並不是全力在游動，而是像嬉戲玩樂一般在追逐著小魚。

周宣奮力游到五十米外，雖然身有異能，體質異常，但並不表示周宣就能跟魚兒一樣在水中游得那麼快，游得那麼輕鬆。周宣停下來，調整著心跳，不過還沒有完全平息，一些驚恐萬狀的魚便急急從他身邊掠過，四條虎鯊距他已經只有二十米遠了。

虎鯊的嗅覺極爲靈敏，周宣在前頭攔住了路，牠們游動的身形便慢了下來，分成扇形圍了過來。

這種虎鯊雖然體形並不是很大，但攻擊性極強，而這幾頭虎鯊還不是成年，經驗似乎不是很豐富，身體也只有兩米長，但對周宣並不畏懼，身形後退了一下後，接著就凶狠狠地衝刺過來，準備合圍，一起把周宣撕咬成碎片。

不過，周宣哪裡會給牠們這個機會呢。冰氣異能一動，將四條虎鯊都凍結了，這樣，其中三頭便往水下沉去，而另外一頭則被周宣拖住。

這裏的水深只有七八米，不是很深，周宣將鯊魚的頭凍結住，讓牠不能將肚腹裏的氣吐出來，這樣就不會下沉，否則一條虎鯊的身體，他根本不可能扛著浮到水面上的。

在水中，周宣準確地探測著遊艇的位置，浮上水面後，朝著遊艇方向叫道：「開過來，開到這邊來！」

在遊艇上，除了傅天來不著急外，其他保鏢可是早都有些著急了。

周宣潛下水中幾乎有十幾分鐘了，傅天來笑笑道：

「你們不必擔心，我這孫女婿可是練過高深的中國氣功的，能閉氣一兩個小時，想都想不到吧？嘿嘿，放心吧，就這一會兒，沒有什麼大問題。」

果然，傅天來這話說了沒兩分鐘，周宣便在遊艇左側五六十米外露出水面，朝他們叫喊著。保鏢趕緊吩咐司機把遊艇開過去。

當遊艇停下來後，周宣又對幾個保鏢叫道：

「你們扔條繩索下來，我抓到了條大魚，我把牠捆起來，你們再拉上去。」

因爲周宣大半個身子都潛在水中，雙手又在海水中摟抓著那虎鯊，遊艇上的人看不清楚，但隱隱還是能看到水中有個黑乎乎的東西，看起來是不小，但看不清楚是什麼魚。

保鏢趕緊到倉庫裏把尼龍繩拿出來，一頭繫在了遊艇欄杆上，把另一頭扔到了海水中。周宣騰出一隻手來，在水中把那虎鯊身子結結實實的纏繞了好幾圈，然後繫緊了，這才從水中浮上來。

到了舷梯邊，沿著梯子爬到遊艇上，同時，又用異能把那虎鯊稍稍解凍了一些，讓牠有行動力但沒有撕咬的能力，好讓那些保鏢知道牠仍是活的。

「是虎鯊是虎鯊……我的天啦，這是一頭虎鯊……」

在驚叫聲中，那虎鯊在海水中被繩索拖出水面，拼命的打水擺動，六個保鏢全都過去拉繩索幫忙，又驚又喜，連傅天來都站起身過來觀看。

傅天來雖然知道周宣有異能，但沒想到周宣卻抓到了一條虎鯊，也有些驚喜。

六個保鏢嘻嘻哈哈地合力把虎鯊拖上遊艇，那虎鯊在甲板上翻動不已，幾個保鏢又取了鐵棍鋼管來頂住牠，壓制著不讓牠動彈，然後才圍上前。

虎鯊一雙死人似的眼珠子直盯著眾人，嘴巴裏露出白森森的恐怖牙齒，哪怕給眾人控制住了，但六個保鏢還是小心謹慎防備著牠，要是給牠咬一口，不成殘廢也得受重傷。

周宣笑笑道：「我花了好一陣功夫才把牠抓住，把牠解剖了吧，吃烤鯊魚和新鮮魚翅，這個應該還不錯吧？」

幾個保鏢不用吩咐，其中一個拿了刀來，另外幾個人控制著虎鯊的身子，剩下一個拿了水槍過來，準備清洗魚的腸腹內部。

周宣在這個時候再把凍結的異能全部解除掉，那虎鯊腦袋和嘴巴還猙獰地動了動，把那保鏢嚇了一跳，退開一步，等了一陣子，見虎鯊不再動彈後，又踢了一腳試探了一下，見虎鯊死透了，才再次上前。

那剖魚的保鏢將虎鯊剖開，清洗乾淨後，切成九分，然後把大部分魚肉搬到艇艙裏存放起來。

炭火早已生了許久，幾個保鏢把切成片的魚肉端到燒烤處，一邊將鯊魚肉串成條燒烤起來。

傅天來索性收了魚竿也來幫忙燒烤，這次開遊艇出來，竟徒手抓到一條虎鯊，這可是破天荒第一次見到的。

而那些保鏢此時也忘了問周宣究竟是怎麼抓到虎鯊的，在水中，一個人徒手，無論如何也不是鯊魚的對手，看來周宣真如傅天來所說的那樣，是個功夫高深莫測的武術高手。

傅家的保鏢，七成是華人，三成是老外，都是練過武的，對武術的認識也不淺，都聽過中國神秘的古武絕學，不過都認爲只是傳說，卻沒想到在周宣身上卻是真的見識到了。

太陽升到頂點，溫度升到最高，周宣讓保鏢把倉庫裏的存酒全部拿出來，又用冰氣異能冰涼了。喝酒時，鯊魚肉也燒烤好了一批，保鏢把烤好的魚肉端上來放到桌子上。

周宣先拿了一串遞給傅天來，傅天來笑呵呵接了吃起來。

那剖魚的保鏢很有經驗，肚腹上的肉最嫩，又沒有刺，其他部位雖有刺，但這麼大條的虎鯊，刺遠比小魚大，好切得多，基本上都剔除掉了，烤好的魚肉上幾乎沒有刺，傅天來一邊吃，一邊讚賞著。

一串魚肉吃完，笑道：「周宣，趕明兒把全家人都叫出來，開那條大的遊艇，讓家裏人都嘗一嘗，又能散心，又有好吃的，比什麼都好！」

周宣也拿了魚肉吃起來，一邊又對六名保鏢和司機招手道：「這麼大一條虎鯊，大家都一起來吃吧！」

冰紅酒再加鯊魚肉，這一餐，放在大飯店裏，最少都要幾十萬。

九個人喝得醉意盎然，鯊魚肉也吃得撐了，在海上漂流了幾個小時，然後才收拾好器具返航。

遊艇回到俱樂部裏後，幾個保鏢將剩餘的虎鯊肉抬出來，放到車裏載回去。

到家後，傅盈等人早都回了家，一看到保鏢們抬了一條大魚回來，很是好奇。

周宣笑吟吟地吩咐王嫂：「王嫂，把這虎鯊肉好生做出來，用不完的凍起來以後吃！」

王嫂很是吃驚，詫道：「這是買的嗎？新鮮魚翅可是十分難找的啊，市場裏很多都是假的魚翅，新鮮的鯊魚肉我還真沒吃過！」

周宣把小思思從傅盈懷裏抱過來，在她小臉蛋上親了一口，說道：「嗯，好久沒抱我女兒了，來，爸爸親一個，給爸爸笑一個！」

小思思被周宣逗得格格直笑。

傅天來在一邊笑呵呵地說道：「明天我們一家人乘遊艇到海上去玩，抓新鮮的魚來烤，今天這條虎鯊就是周宣抓到的，在海上一邊喝酒一邊吃燒烤，心情真是好啊！」

傅玉海一聽便有些懊悔，錯過了今天這個大好機會，聽到傅天來說明天再去，當即又興奮起來，拍手說好。

幾個保鏢在院子裏跟其他保鏢興致勃勃地講起今天的情形，讓其他保鏢都豔羨不已，又聽說傅老爺子說明天還要去，全都興奮起來。

明天到海上去，一定要跟周宣一起到海裏游一下，見識見識他的本事。做爲保鏢，最想見到的，就是超強的身手。

周宣的精神也很好，他現在的能量來自於太陽，所以只要他處在太陽光之下，就不會有能量損耗的問題。幾個保鏢把周宣請到院子裏，準備向他請教武術。

在傅家的保鏢中，一個叫陳超的最厲害，他本是唐人街武術館裏的武師，六歲時就習武，練了二十年，功夫極爲了得，今天他護衛著傅盈等家人上街，回來後，聽其他弟兄說起周宣的能力，很是好奇，也想見識見識。

周宣笑著，心想該要用什麼方法來遮掩呢?武術他是半點不會，用異能的話，還得考慮用點方法，否則只會讓他們起疑心。

第一六四章

一針見血

傅家一共有十六名保鏢，其中有一大半是武師，
周宣跟他們聊得極為開心，聊武術，聊槍法，
雖然懂得不多，但以異能為輔助，說出來的看法卻是一針見血，
讓那些保鏢有豁然開朗的感覺。

陳超說道：「周先生，您都練過些什麼武術？」

周宣沉吟了一下，然後回答道：

「也沒練過什麼特別的，小時候，我老家在武當山，我四五歲的時候，跟山上的一個老道士練打坐呼吸。因爲我那時體弱多病，原是想跟他練武的，不過老道士沒有教我練武，只是教我練氣。雖然他沒有教我武術，但練氣一年多以後，我的身體就好了起來，到後來還很強健。直到我長大後，老道士才教給我一些點穴術。後來我才明白，他沒教我武術，只教我練氣，是因爲點穴術是需要極強的內氣來支撐的。」

聽到周宣這麼說，陳超就更好奇了，他練的是鐵布衫和鷹爪功，一身功夫極強，手能抓裂紅磚竹木，鐵布衫雖然不能擋子彈，但在練氣防備時，刀砍劍刺還真擋得了一下。而他的拳腳遠超常人，在同樣的情況下，你一刀砍不死他，他便一拳把你給打死了！

他聽到周宣也是個武術高手，能在水中潛十幾分鐘，又能生抓虎鯊，心中十分好奇。他練的鐵布衫金鐘罩屬於硬氣功，如果閉息，他也能閉上十來分鐘，不過要在水中活生生地抓捕虎鯊，他可就不敢說那個話了。

但他可以想得到，有可能周宣是水性好，水性好的人在水中使用功夫的話，是一樣能行的，但他的水性不好，潛水閉氣只能支撐十來分鐘。

當然，水下功夫可就不是普通人能比的了。一般的潛水高手，能在水中潛到幾分鐘，那已經是極了不起的事，不過，這也要看水的深度和壓力，如果水的深度太深，壓力不同，潛水的時間一定是會受影響的。

「周先生，你能不能跟我試幾招？我想試一下周先生的點穴術，看看厲害到什麼程度！」陳超好奇地說著。

他當然不是想把周宣打倒，把他踩在腳下，人家是老闆，他只不過是聽到周宣會這麼神奇的功夫，想嘗試一下這功夫的神奇性。

陳超自己的橫練功夫極強，普通的東西，像木棍鐵棍鋼管，對他造成不了傷害，普通人拿刀劍也砍傷不了他。聽說周宣一根手指頭就能把人點倒，以他橫練的功夫，外表的筋骨皮已經強大到根本無法觸動，周宣的點穴術，真能制住他嗎？

周宣笑道：「那好，陳大哥既然要試試身手，就玩一玩吧，點到為止，就當是演習一下，我本不會武功，只是練了些氣功點穴術，陳大哥要讓著我點啊！」

陳超笑道：「周先生您放心，肯定傷不到您的，我練了多年武，可說收發自如，不會傷到人的！」

周宣笑了笑，說道：「那好，我就出手了啊！」

陳超暗中把氣息運了起來，將全身皮膚都運到最佳狀態中，這個時候，便是拿刀也砍不傷他，最近又因為喝了周宣的大補湯，功力更精進了些，達到以往達不到的境界，正自心喜呢。

「請吧，周先生，我準備好了，您點點看！」陳超對周宣說著，他沒有先動手，而是等周宣先出手，因爲他手勁重，如果先出手的話，有可能會傷到周宣，等周宣動手，自己來承受就好得多。

周宣笑著示意準備出手了，手一伸，將手指指向陳超的肩部，陳超見周宣動作緩慢，便將他手指指著的地方更加強了幾分勁力。

周宣並沒有使詐，而是直接把手指點了過去，一下點到了陳超的肩上。陳超並沒感覺到有多強烈的衝撞和勁力，但肌膚裏卻覺得一涼，有種冰冷的感覺，然後肩膀就有些沒知覺了。

陳超一直是把硬氣功運到最強的程度，尤其是周宣伸手指點的位置，他當下運起氣來，就那一點位置，可以說即使拿刀砍刺都無法傷到他了。

而周宣也沒有使詐，而是實實在在點在了那個地方，就在周宣點上的時候，陳超便覺得冰冷和毫無知覺了。

除了異能人，陳超的身體應該是已經到了極強的境界，但是他遇到的是周宣，在周宣的異能之下，一切都成了虛話。他的硬氣功根本阻止不了周宣的異能入侵，等到周宣一點之後，他便定住了。

陳超心裏感覺無比驚駭，努力運起勁力掙扎，但全身毫無力氣可使，身子便如泥塑的菩薩一般，定在那兒動都無法動一下。

周宣探測到陳超在努力掙扎中，笑了笑，然後立刻伸手在陳超肩膀上輕輕拍了拍。

這一拍之下，自然是用異能解除了陳超身體中的冰氣禁制，隨即，陳超全身的勁道如常，自由的感覺又回到了身體中，他伸手伸腳動彈著，沒有半分阻礙。

陳超瞧著周宣笑吟吟的表情，頓時佩服到了極點，說道：

「周先生，您當真是有絕技啊，陳超除了佩服，就只有佩服了！」

周宣微笑道：「沒什麼值得好佩服的，除了這一手點穴術，有點氣功之外，我也沒有什麼別的技藝了。你的硬氣功，也是我見過最強橫的了，以前我見過的人當中，沒有一個能比得上你的。」

聽到周宣這麼說，陳超心裏舒暢了些，老闆比他強，這種感覺並沒有什麼不妥的，如果同伴之間有比他強的，或者都比他強，那他還要擔心飯碗的問題，但老闆比他強，那是天經地義的，也沒有什麼好擔心的了，而且，這個老闆還十分和善。

周宣以前也給這些保鏢露過一手，就是在堅硬的石壁上抓了五個手指洞，就憑那一手，便讓所有保鏢都嘆服不已，因爲他們還沒有見到過有人能在石頭上抓出洞來的。

即使陳超有那麼厲害的手上功夫，能徒手劈裂竹木磚塊，但與在石頭上抓出幾個手指洞相比，卻又是差得遠了，完全不同的級別。

陳超又問道：「周先生，您的功夫，實屬於我見到過的最強的，不知道您是怎麼練成的？我實在很好奇。另外，周宣先生，您是廚師嗎？您煲的湯，實在是太補了，讓我們都得到極大進步，功夫都升級換代了啊。」

對於這個，周宣是很清楚的，他自己的異能也遇到過多次這樣的情況，每次遇到跨越不過的瓶頸時，他都是費了無數的心血，潛心研究和思考，才跨過那道關卡，至於能達到現在的這種境界，以前他可是想都不敢想的。

就說那黃金轉化的能力吧，以前只以爲是暫時的，像這種逆天的能力，不可能是十全十美的，在二十四小時後就會恢復正常，自己也一直以爲，無論他怎麼練，異能境界無論達到什麼高度，這個黃金轉化都不會成爲永遠的，但現在居然真的達到了那個境界。

而這個境界也是無意中達到的，並不是周宣強行追求的。

實際上，周宣現在對於異能的層次一點也不追求了，也正是因爲這種平淡的心態，再加上何首烏的藥力，才讓周宣的異能又跨過了一道門坎，神不知鬼不覺中，異能竟然再次進化，能量大大跨進了一步。

周宣想了想回答道：「陳兄，我只是練過氣功，也就是練武界所說的內氣功，與你的橫練硬氣功不同。都說外練筋骨皮，內練一口氣嘛，我練的也就是那一口氣。後來身體好些後，便習以爲常了。老道士也沒教過我武功，只教我練這個呼吸法。我以前是做古玩典當的，並不是廚師，不過大補湯的事，嘿嘿，我以前也懂一些醫術皮毛，老道士除了教我練呼吸法，還教過我醫術，所以我對醫術有些瞭解。」

「周先生，您太謙虛了。」

陳超由衷的佩服，稱讚的話也是出自於內心的。這麼多年下來，他遇到過無數的武術高手，比他強的自然也有，但卻毫無可能在他運起硬氣功防身後，對方還能那麼輕描淡寫地就把他制服了。

而且，周宣沒有任何的花樣，直接就點在他運功最強勁的地方，但即便如此，他依然對周宣的點穴沒有半分的抵抗能力。

對於點穴，陳超實際上也聽到他的師傅提起過，這門功夫是很厲害的，但卻沒有周宣使得這般神鬼莫測。

陳超的師傅曾說過，只要他們的硬氣功練到爐火純青的地步，在防患時，甚至能擋住手槍子彈的衝擊。當然，狙擊步槍的子彈是抵擋不住的。這種能力，陳超在喝了周宣的大補湯後，當真是達到了，可惜他的師傅已經死了，否則便能見到他所說的事。

傅家一共有十六名保鏢，其中有一大半是武師，其他也是練過武，當過兵，手段身手均是極強，另外有四個還是美軍特種部隊退役的軍人，對於槍械軍火以及埋伏等手段，經驗極其豐富。

周宣跟他們聊得極為開心，聊武術，聊槍法，雖然懂得不多，但以異能為輔助，往往說出來的看法卻是一針見血，讓那些保鏢有豁然開朗的感覺。

說實話，周宣也希望讓傅家的保鏢們身手都更進一步，手段更強。他們是傅家人的安全保障，對於錢財，周宣可以比別人給得更多，讓他們無後顧之憂。還有一點，周宣從不把他們當下人看待，而是當成朋友兄弟來對待，所以他才能贏得這些保鏢的尊重。

就說前幾天的煲湯吧，當時那些保鏢只是因為他是傅家的孫女婿，以後是傅家領袖，所以才會對他那麼拘謹，但周宣卻絲毫沒有自大的心理，遠跟他們見到過的富二代不同。

其實他們不知道，周宣的財富，也都是他自己掙來的，嚴格地說，他並不是富二代，而是開拓者。

聊了一個下午，周宣決定再去煮湯。於是，他到後院裏，把人參、何首烏以及靈芝等各取了一支，洗淨切成片然後煲湯。

不過，他這次煲出來的湯，決定不給王嫂和家人喝了，這個大補湯對其他人來講，已經起不了作用了，補得太旺反是毒藥，上次大家的流鼻血就說明了這個問題，他們的身體已經補到最佳狀態了。

於是，他把這些湯拿去分發給那十六名保鏢喝，然後，周宣又借用點穴術的名義給這些保鏢按摩疏通經脈，再改善他們的體質狀態，讓他們的身手更進一步增強。

周宣施展功夫後的作用十分明顯，他們這些練武者喝了大補湯後，藥力被充分吸收，而且周宣還給他們強化了體質，這一下，他們的進步就更強勁了，紛紛在院子裏比劃起來，個個都驚喜不已。

經過周宣的大補湯和點穴按摩，他們的能力無一不是大進，比起以前提升了一個極大的境界。

陳超的外門硬氣功甚至達到了肌膚漩渦的境界，能把硬氣功聚集在某個位置，讓那裏的旋轉氣勁剛硬如鋼鐵般。

陳超相信，他現在可以護住身體的某個位置，擋住手槍子彈襲擊。現在，他的眼耳和身體的敏感度也都增強了許多。這些眾人都是感覺得到的，周宣的大補湯當真是千金難買的好藥品啊。

這些能助長人身體功能變強的靈藥，可是無價之寶，即使有，也是高價賣出，像他們這種人，只聽說過而從未眼見，再說，以經濟能力來說也買不起。

而一般的有錢人雖然買得起，但絕不可能會把這些東西煮了給自己的保鏢傭人吃，而周宣卻是把這些靈藥專門煲給他們喝，讓他們心中十分感動，更願意為他付出，士為知己者死，便是這個道理。

第二天，十六名保鏢身體中的藥效完全發作，更加享受到了功力大進的喜悅，加上昨天周宣對他們的身體改善，功夫有了質的飛躍，一大早便起床在後院和練功室裏練習。

在傅家，傅天來爲保鏢們設立了專門練功的房間，可以練槍練拳和健身。吃過早餐後，家裏就只留了兩名保鏢看家，其他人包括王嫂，都跟著出海去了，王嫂的廚藝好，可以煮東西給他們吃。

這次開了傅家的二號遊艇，最豪華最大的那艘遊艇則太大，只是出去烤個肉並不方便。倒是三十多米長的二號遊艇很合適，十四名保鏢，兩名遊艇司機，傅家六個大人兩個小孩，再加上王嫂，一共是二十三個大人，一家人便在豪華遊艇上乘風破浪。

這次開得離海岸更遠了些，超過了三十海里，已經看不到海岸線了，碧藍的大海，萬里無雲的天空，風景如畫。

把遊艇停下來後，十四名保鏢便各自分工，四個人去燒烤，四個人負責安全警戒，另外六個人把潛水服取出來，準備跟周宣一起下海抓魚。

其他人則在甲板上坐著看風景。在甲板上又升起兩頂太陽傘，傅盈、周蒼松夫妻以及傅玉海抱著孩子坐在傘下乘涼，傅天來則取了魚竿垂釣。

周宣今天不再像昨天那般炫耀了，也同那些保鏢一樣，穿戴起潛水服。

這些潛水服是之前傅盈和李俊傑購回來的高科技潛水設備，能比普通潛水服潛得更深。潛水服裏還有通訊設備以及水下槍械，不過水槍太強勁，除了像對付周宣昨天所抓的虎鯊外，對付一般的大魚是稍顯大材小用了。

不過，在大海中想要抓到鯊魚，難度是極高的。先不說抓不抓得到，而是想要碰到就已是極難的。昨天周宣跳下海就抓到了鯊魚，那完全是運氣好，恰好路過幾頭虎鯊，現在則不一定還能有那樣的運氣了。

周宣攔住了其他保鏢，說道：「等一下，我先看看這一帶的水紋，如果沒有什麼魚，就讓遊艇再往深海開一段，再碰碰運氣。」

傅天來當即收了魚竿，開船的時候是無法進行釣魚的。

再往深海開了過去，周宣便運起了異能全力探測著。

海中七八百米以內，魚是不少，但都不是他想要的，普通的魚味道不佳，而且不特別，其間還遇到一次大量的魚群經過，不過周宣也沒有停下來。

那些魚群普遍只有兩尺來長，漁民要是遇到，當然是非常喜歡的，但對周宣來說就沒必要了，抓幾條這樣的魚沒什麼吃頭。

再往前駛了五六海里，周宣忽然叫道：「停停停……」

保鏢們當即吩咐司機把遊艇停下來，周宣吩咐保鏢們：「把繩索給我，長的，大家在遊艇上準備好，你們幾個跟我下去。」

說完，周宣便戴上潛水頭套躍下水中，其他六個保鏢也跟著跳下海。他們並不知道周宣發現了什麼，海面上看起來很平靜，什麼都看不出來。

這一次，周宣卻探測到了兩條白鯊，一大一小，大的超過了七米，小的才三米多，追逐著一些魚類。

周宣大喜之下，當即運了異能把兩條鯊魚凍結起來，當然不是全部凍結，而是限制了牠們的大部分行動能力，否則，若是完全凍結的話，鯊魚又會沉下海底去。

跳下水後，周宣拿了尼龍繩的一頭，然後潛下海去，其他六名保鏢潛在他後面跟著。到了水下七八米處，赫然看到有兩條白鯊在游動，眾人頓時都慌了。在岸上遇到危險時，他們還能沉著應對，但是在水中，他們便完全沒有了平時的冷靜，一個個拿著水槍便對著白鯊的方向。

不過，周宣在前頭游去，卻正是迎向了那兩條白鯊。六個保鏢個個大驚失色，水槍也不敢開，因為周宣在前面，大家只能緊緊盯著，只要稍有機會便準備發射出去。

周宣又運起異能，略微將大白鯊解凍了一部分。

隔了三四米遠近，幾個保鏢看到，周宣一指點出的方向，海水都變成了一條冰線。冰線一接觸白鯊，那鯊魚便完全不動了，直直便沉下水中。

這是那頭超過七米的大白鯊，周宣不想動牠，因為即使點了牠，也沒辦法把牠抓上遊艇，因為牠太大太重了。

周宣要對付的是那頭只有三米多長的小的那條，即使是這條小的，只怕也要費一番功夫。

於是，周宣再伸指一點，將這條小白鯊控制住了。現在，除了尾巴還稍微能擺動外，小白鯊的頭部完全沒有了行動能力，自然也不能張嘴咬周宣了。

周宣趕緊上前用繩索捆住那條小白鯊。

後面的六名保鏢一見，都驚呆了，這小白鯊就這麼輕易被周宣制服了，而且，周宣點出的方向，連海水都給結出了冰一樣的線，直擊向那白鯊，想必白鯊身體裏肯定是給這種氣功傷到了。

陳超在後邊當真是驚駭莫名了。原來昨天周宣對他施用的，顯然沒用什麼勁道，要是他用這麼強勁的內勁對付自己，那他肯定早已一命嗚呼了。

不過，他因此越發對周宣的點穴功好奇和佩服了。點人就不用說了，因為他肯定對人體的穴道脈絡熟嘛，但這白鯊可是水中動物，他怎麼也能那麼精準地點中白鯊的穴道？

此時除了佩服，陳超再沒有別的想法了。

一呆間，卻見周宣已經回身朝他們招手，省悟之下，然後趕緊上前，其他幾個人見白鯊已經被周宣控制了，絲毫不能動彈，也都游上前圍住了那條小白鯊，然後用繩索將牠身體捆綁起來。

周宣見把白鯊捆起來後，也鬆了口氣，要是白鯊往水底下沉去，又沒及時用繩索繫住，那他們在水中根本就不可能把白鯊托起來。

把白鯊捆綁住後，周宣又探測到被白鯊追趕的一些魚類，心裏一動，當即又運起異能凍結了幾條魚。

白鯊在吃飽後通常會追逐的魚類，就是牠很喜歡的那種肉質細膩，味道鮮美的魚，此時，周宣便探測到，眼前這些被追趕的魚就是肉質很細，不同於一般的海魚，只是他認不得都是什麼名字，但是，連白鯊都喜歡吃的魚，那肯定就是錯不了的。

周宣凍結了後，又招手叫了兩三個人跟他過去。

這三個保鏢剛剛還有些擔心，見周宣抓了這條白鯊，又將大白鯊點翻沉下水中了，現在怎麼又要過去，難道又是鯊魚出現了？

不過跟過去後，卻見周宣逮的是幾條十七八斤重的魚。雖然那些魚的樣子都很奇特，但沒什麼攻擊性，也就釋然了。這些魚就只是比普通的魚大一些，但沒有危險，比不得鯊魚。

幾個人上前，各自抓住了被周凍結住的魚，這個沒有什麼難的，大的也才十七八斤，魚又沒有動彈，所以並不難。當然，要是沒有被周宣用異能凍結住，身手再好的人也不可能在海中抓到魚的，因爲人在水中不可能比魚游得快。

七個人逐一浮出水面，遊艇上的保鏢拿了網子將魚裝進去提到艇上，而那條三米多長的白鯊也給拖到了海面上。

不過，僅憑那幾個人是拖不上遊艇的，得等到所有人都上去後才拉得上去。這條白鯊至少重兩三百公斤，在水中的大魚又不像在陸地上抬固定的東西，有力氣就行，這是在水中，極不方便，重量也要增加不少。

不過，好在白鯊是給周宣凍結了，並沒有太用力掙扎，如果使勁掙扎，白鯊的破壞力極強，那就很難拉得上去了，而且，白鯊的嘴部牙齒太厲害，也容易傷到人。

幾個人先後爬上遊艇後，脫下潛水衣，然後興高采烈地一起來拖拉白鯊。傅玉海和周蒼松夫妻哪曾見過一個人就能抓到這麼大鯊魚的？

大家都很驚訝，尤其是周蒼松和金秀梅夫妻倆，兒子是他們親生的，有多少能耐他們又不是不知道，以前在老家，他可是見到一條狗攔路都害怕，現在怎麼能抓得到這麼大的兇猛魚類了？

不過，不管怎麼樣，這人都上來了，也沒有人受傷，魚也抓了那麼多，還有這麼大一條白鯊，當真是長本事了。

另外四個生火燒炭的保鏢和王嫂已經準備好了，十幾個人一起用力，把白鯊拉上遊艇，又是歡喜又是興奮。

此刻，眾保鏢對周宣能力是又驚奇又敬畏，傅老爺子的這個孫女婿，當真是高深莫測啊，任他們哪個人都沒有這樣的能力。

四五個保鏢取了鋒利的匕首來殺魚，又將魚切成片，端到燒烤台。王嫂同幾個保鏢燒烤，眾人忙得不亦樂乎。

傅盈看著在船上忙碌的周宣，心裏覺得無比的幸福。看著平日只注重賺錢，注重家族利益的爺爺，此刻笑吟吟地喝著紅酒，公公婆婆則陪著祖祖說說笑笑，保鏢們與家人毫無間隔，像一家人一樣，這種感覺真好。

尤其是爺爺，忽然放下身段，一改往日的淡薄親情，露出重視親情的溫暖一面，不禁讓傅盈非常高興。

兩個小孩子玩得累了，已經睡去。

魚肉先烤熟了第一批，香味撲鼻，引得眾人直流口水。

傅天來也很高興，昨天還想著家裏其他人沒能一起吃到新鮮的虎鯊肉，有些可惜，沒想到今天卻是抓到了白鯊！

看來周宣的運氣還真好，加上周宣的強大異能，其實別人還不知道，周宣是可以抓到那條更大的大白鯊的，只是拖不上遊艇來。

這遊艇不是漁船，沒有拖拉設備，只能用人工拉。再說，傅家也不需要把鯊魚抓起來弄回去賣錢，當天夠吃就好，魚肉新鮮吃才美味，拿回去冷凍了再吃，味道就沒那麼好了。

周宣和另兩個保鏢把紅酒搬出來，一瓶瓶冰涼了，在烈日下喝，味道美到了極點，冰涼的感覺直透全身。

這白鯊遠比虎鯊大，生鮮魚翅烤起來吃，比在家裏和餐廳裏吃到的魚翅又大爲不同。

周宣也感覺十分幸福，幾時曾想過一生中會有這樣的幸福時刻，想要的基本上都擁有了，嬌妻子女，父母在身邊，傅盈也心願圓滿，能侍候奉養爺爺祖祖，一家人團團圓圓地在一起，最重要的是，兩家人都不會爲了錢財而費盡心思勾心鬥角，真正的和諧美滿。

第一六五章

異形怪魚

這條怪魚在水盆裏就不怎麼動彈了，一雙眼瞪著周宣，
周宣就有些莫名其妙的心悸，這魚瞪他幹什麼？難道牠通人性嗎？
周宣見到這怪魚忽然從眼中流出淚水來，
當真是嚇了一跳，魚也會流淚麼？

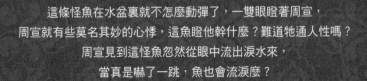

周宣兀自陶醉著，把異能運到極致，忽然間，感覺到心裏一暢，異能不自覺地動了一下，於是站起身來，笑笑對眾人道：

「我到水裏去游一下，天熱，也吃飽了，去運動一下！」

眾人皆不以爲意，那些保鏢都知道周宣的能力很強，在水中能潛十幾分鐘以上，游個泳自然不算什麼。

周宣笑吟吟地從遊艇舷梯上爬下去，到海面上兩米處躍下水。

一到水裏，周宣便立即迅速往目的地游去。

剛剛他在遊艇上運起異能探測時，遊艇下面幾近四百米處，探測到了一個讓異能都有些顫抖的魚類，也不知道是什麼魚，從沒見過。

那魚並不大，大約有兩三尺長，樣子長得很古怪，身體呈銀白色，像白帶魚，頭上竟然長了兩隻大約兩三寸長的角，就像牛頭上一樣的角，兩隻眼睛像燈籠，又圓又大，嘴裏有牙，嘴角兩邊，一邊各有一條尺多長金黃色的鬍鬚。

這樣一條怪魚，竟然讓周宣有些激動，異能莫名其妙地被吸引。

在如此廣大的海洋中遇到這麼一條怪魚，讓周宣情不自禁地興奮起來。反正也閒著沒事，不如下海抓抓看，如果抓到了，就帶回家養在魚缸裏，哪怕觀賞也好啊，這條魚長得這麼奇特，也很有觀賞價值。

周宣運起冰氣異能凍結那條怪魚，但冰氣的低溫似乎凍不住牠，冰氣凍結牠時，那怪魚一擺動身子，似乎就將凍結的冷意驅逐了。

周宣一邊游，一邊覺得奇怪，連他的異能都凍不住的魚，當真是奇怪了。

在周宣的印象中，他的異能凍不住的只有外星物質，不過，這條魚也不可能是外星魚，所以讓周宣覺得十分奇怪。

周宣加快了速度往下潛，然後加大了力度再對那魚進行凍結，可是每一次加大冷凍力度，那條魚的行動始終如一，擺擺頭就將異能驅趕開。

最後，周宣把冰氣異能加強到了極限，幾乎達到了零下兩三百度，那怪魚頓時被一團白瑩瑩的冰團包圍起來，只見那怪魚搖頭擺尾，冰團就起了裂痕。

周宣見這一下倒是凍住了那條怪魚，雖然牠仍有可能會逃走，但現在畢竟是凍住了牠。

看到出現裂痕，當即加大力度，再行凍結，只是他無論怎麼加強力度，那包裹怪魚的還是一團海水，凍結不起來。

不過，周宣運起異能將牠身周數十米都冰凍起來，形成一塊極大的冰球，幾達數十米的直徑，這一下損耗過重，讓周宣累得有些疲軟了。

那怪魚被冰球困住，一下子也竄不出來，冰球因爲冰的浮力，帶動著直往水面上浮來，這倒是省了周宣的力氣，一邊下潛，一邊靠近那個怪魚。

因爲相距的距離有四百米，周宣只是擁有異能，卻沒有超級的速度，雖然不受水中壓力的限制，但速度卻是快不了。

周宣一邊潛，那冰球上浮的速度遠比周宣下潛的速度要快，大約有十五分鐘的時間，那冰球浮上來便與周宣下潛交錯。

周宣便伸指抓著冰球，轉化吞噬了幾個手指洞，將身體緊緊依附在冰球上面，一邊又運起冰氣異能連續凍結著那怪魚。

只是冰氣再強勁，也完全凍不了那怪魚的身體，只能將牠限制在冰球裏面，而且還得連續加著異能凍結著冰球，否則冰球就會破裂，怪魚就會逃出來。

又過了六七分鐘，周宣抓著的巨大冰球才轟然一聲浮上海面。

此時，這一團海面的附近，七八個保鏢都穿了潛水衣在水裏搜尋著，見到周宣附在冰球面上浮出來，大喜得歡呼起來。

因爲周宣已經有二十幾分鐘沒浮出水面了，讓周蒼松夫妻和傅玉海急得不得了，一時的好心情頓時消失得無影無蹤，直是催促著保鏢們下海搜尋周宣。

只有傅盈和傅天來對周宣很有信心，相信他絕不可能會有危險，所以一直安慰著周蒼松夫妻。

婆婆金秀梅見傅盈並不緊張，心情也放鬆了些，因爲她知道傅盈的心裏只有周宣，什麼都比不上周宣的重要性。現在，她居然對周宣不擔心，那就表明她相信周宣不會有危險，所以她才會那麼坦然。

果然，保鏢們穿上潛水服下水搜尋才幾分鐘，從海水中便陡然升起一個巨大的圓形冰球，而周宣正依附在那冰球上面。

眾人也都吃驚不已，因爲現在是熱天，天氣如此炎熱，這海水中怎麼會忽然冒起一大團冰山一樣的球體呢？

周宣在冒出水面的時候，只凍結了下面，那怪魚忽然覺得上面沒有壓力，裂開的紋越來越大，而最終那冰塊炸裂，怪魚一縱而出，周宣也在這個時候一躍身，雙手緊緊地把那怪魚抓住，然後對保鏢們叫道：

「快點用繩索把我吊上去！」

那些保鏢都手忙腳亂登上船，然後放下繩索，留在下面的保鏢再將繩索繫在周宣腰上，上面的人便開始將繩索往上拉。

周宣不敢鬆手，一雙手用冰氣異能將那怪魚凍住，不敢稍有鬆懈，只要一鬆懈，那怪魚便會掙扎落入海中。

眾人七手八腳地把周宣拉上遊艇，周宣緊抓著魚衝進遊艇裏面，一邊叫道：

「拿東西過來！」

其中一個保鏢趕緊到遊艇裏面拿了一隻大盆子出來，又放了水，周宣這才把那怪魚放在盆子裏，把盆子端到遊艇裏面的房間中，這是爲了防止那怪魚竄出來跳進水中逃跑。

周宣這才長長鬆了一口氣。

其他幾個保鏢圍在盆邊觀看，都嘖嘖稱奇。這魚長得真怪，大家都不知道是什麼魚，而後進來的傅天來和傅盈也都沒見過，周蒼松和金秀梅連海也是第一次見到，自然就更少見識了。

只有傅玉海奇道：「這魚真怪，像龍一樣，不過，龍有腳，這魚又沒有腳，但卻又長了角，有這麼長的鬍鬚，真不知道是什麼怪魚。」

沒有一個人認識這條怪魚。

周宣也覺得奇怪，因爲這條魚不怕他的冰凍異能，而且有融化寒冰的能力，如果牠只是一條普通的魚，那肯定不可能有這個能力的，這到底是條什麼魚呢？

這時，這條怪魚在水盆裏就不怎麼動彈了，一雙眼瞪著周宣，讓周宣就有些莫名其妙的心悸，這魚瞪他幹什麼？這一圈圍了這麼多個人，這魚卻只瞪著他？難道牠通人性嗎？

周宣見到這怪魚忽然從眼中流出淚水來，當真是嚇了一跳，魚也會流淚麼？

周宣再仔細看時，發現魚眨眼的時候會泛起水珠，這並不是魚在流眼淚，便忍不住自嘲地笑了笑，然後運起異能把魚外面巨大的冰球融化掉。

想了想，周宣吩咐兩個保鏢：「你們用網子把這水盆蓋起來，再好好守住，我們現在馬上返程！這魚很奇怪，可能一稍不留意就會逃走。」

遊艇司機在得到了周宣的命令後，當即把遊艇開起來，全速返程。

周蒼松和金秀梅夫妻倆這才擠到周宣身邊，一邊檢查著兒子的身體，一邊問道：

「兒子，你沒事吧？」

「爸媽，你們看我有沒有事？呵呵，一點事都沒有！」

周宣笑嘻嘻地回答著，他一邊擺動著手頭給父母看，一邊又在探測著外面的海面上，那冰球已經化掉了，消失得無影無蹤。

過了這一陣子，眾人好奇的心情也淡得多了，見周宣又沒有事，便各自回到甲板上，坐在豪華遊艇上看海景。

休息中，周宣又仔細觀察探測起這條古怪的魚來。

他觀察時發現，這魚的角長得跟牛角一般，但角質似乎又有不同。周宣伸手觸了觸，那角質很硬，又冰冷。

等到眾人都出去了，只剩下周宣，那怪魚似乎又在盯著周宣了。

周宣詫異之極。這到底是條什麼樣的魚？

周宣看不出來，當即又運起異能探測這魚，可是他的異能竟探測不了這魚的身體。

周宣一下子好奇心又起來了，這魚既然讓他的異能探測不到，那這條魚的身體裏面，是不是包含了什麼外星物質？

以前他見到過的外星物質就是黃金石、外星飛船等等。再想想在這個世界中，他曾經遇到過什麼樣的異能之人？這個周宣扳著手指都能數得出來，最早的一個異能人是馬樹，第二個見到的便是毛峰了。

一想到毛峰，周宣心裏一動，這個人是他眼見著從由普通人變成異能人的，而且這個異能還是因爲他而產生的，他的異能是來源於「火隕刀」，而那個火隕刀，不正是自己從一條箭魚的肚子中取出來的嗎？

周宣頓時驚得呆了，難不成這條怪魚的肚子中含有什麼奇特的外星物質？或者是像箭魚那樣，肚中含有強大異能的外星武器？

但周宣又不敢肯定。

那條箭魚有一米多長，身體比這條怪魚大得多，而這條怪魚整體才不到兩尺的樣子，重量不會超過兩斤重，這麼小的體型，身體裏要包含有什麼外星物質或者物體都顯太小。

這個想法讓周宣興起把怪魚殺了，剖腹查看其肚中情形的念頭。

又再看了看這怪魚在盯著他的奇特眼神，周宣不知道牠在想什麼。這樣一條魚，想來也是沒有智力的，不過，一想到牠在想什麼時，周宣突然想起，自己不是有語言交流器嗎？

這是來自於那個「屠手」殺手組織中的外星人的，也算是把那個外星人幹掉後得到的唯一一個有用的東西，現在不如拿來跟這條怪魚交流，看看有沒有用。

周宣這樣一想，當即便把按鈕一按，然後在交流器的提示中，選擇了那條怪魚，腦子中頓時顯現與怪魚交流的情形。

周宣一剎那間似乎便探測到了一絲怪魚的思想念頭，但只覺得是冰天雪地的一片，無邊無際，忍不住打了一個寒顫，隨即聯繫斷掉，再也不想知道怪魚的念頭了。

周宣恢復過來，有些呆呆的，只覺得這條怪魚絕不正常，但卻不知道到底怪在哪裡，自己手中的語言交流轉換器對牠似乎也沒有作用，不過那一秒，周宣彷彿似有若無地探測到牠的一丁點想法了。

準確地說，他不是探測到這怪魚的想法念頭，而是似乎進入到這怪魚的腦海中，只是並沒看到別的，只看到了無邊無際的寒冷，似乎身處南極的冰天雪地一般。

周宣呆了半晌，再按動那語言交流器的按鈕，卻再也沒有半點反應，心想：是不是這交流器壞了？

從得到這樣寶物以來，這個東西就不曾壞過，外星的科技當真是好，整個表面沒有一絲縫隙，你根本就想像不到它究竟是怎麼做出來的。

不管在什麼地方，哪怕是水中，周宣都沒除下過它，也沒有將它浸壞掉。

但現在，這東西是不是壞掉了？

周宣懷疑著，但也無法確定，索性等一陣子，等回到岸上後，再找過路人測定一下。

這時，出海已經將近七個小時了，到了下午四點。傅天來命令遊艇司機開艇返回，心裏還一直想著，原來跟一家人團團圓圓聚在一起，那是比什麼都開心的事情。

又想到小時候，那時家裏環境沒有現在這麼好，父親也是辛苦打拼，但再苦，對他的關愛卻並不少。

他上學時，父親每天接送，人家小孩是坐車，父親卻是將他架在肩上像騎馬一樣，後來他大了些，托不動了，傅玉海就買了輛自行車接送。傅天來看著老父親現在又顯年輕又高興的表情，眼睛不禁濕潤了。

這麼多年來，他除了拚命掙錢外，都沒怎麼關心自己的父親，老父一直是孤孤單單的，兒子從小就受他的訓練，變得跟他一樣，成了個只知道打理家族生意的工作機器，對人情親情很冷淡，也按著他的意願，挑選了富豪家族的富家女，所以到現在，兒子兒媳都在爲家族效力，現在都還身處歐洲。

傅天來這麼一沉思，忽然間後悔起來，覺得自己這一生原來過得那麼悲慘。

第一次見到周宣的時候，他很討厭他，因爲他奪走了自己最心愛的孫女的心，但後來發現周宣有異能後，才改變了想法。

但毫無疑問地說，傅天來並不是真喜歡周宣的人，而是喜歡了他的異能，因爲他的能力能給傅家帶來安全，帶來幫助，這才是他同意傅盈婚事的根本原因。

而現在，周宣確實把傅家從絕境中解救了出來。所以，傅天來對自己的選擇是滿意的。

就從前段時間起，傅天來開始對周宣改變了看法。

或許是以前沒有跟周宣一起相處過，從周宣一家人到紐約來後，他們開始一起生活，他才發現，周宣和他的家人都是那麼的樸實。雖然遠沒有他所處的世界中的視野和高度，但他們身上所顯露的那些平凡踏實，讓他覺得安寧陶醉，這才像是一個家，他也第一次感受到了被關愛和關懷的感動，親人之間的關愛原來如此醉人。

以前的傅家，就是一個冷冰冰的大宅子，像個全力運轉的機器一般，幾時有過這樣的感覺？現在，大人們在歡笑，兩個天真可愛的小孩子在咿呀學語，就連傭人和保鏢們也都跟他們像一家人般有說有笑的。

以前這些人見到他，莫不是恭敬有加，連大氣都不敢出一聲，難怪沒有人敢親近他了！

傅天來想著想著，老眼模糊起來，現在看來，錢又能算得了什麼？自己原以為周宣到傅家來，是周宣占了便宜，傅家的財產最終是要落到他手中，所以傅天來才有些高視自己，但後來，他知道自己是大錯而特錯了。

周宣以前所掙下的產業，在普通人看來，那也是一筆天文數字，是他們想不到也達不到的數字，雖然比起他們傅家的財產那還是差得遠，但現在便看得清楚了，周宣的財富不僅僅是金錢，還有他的能力，以及他的善良性格，這比他擁有整個世界的財富還要更重要。

傅天來釋然了，自己一直想把周宣推到傅家掌門人的位置，想讓他撐起這個重任，而現在想來，又去管他幹啥？有這樣的孫女婿是他的幸事，只要他們能過得開心，過得好，用什麼樣的生活方式都好。

遊艇快速全力返航。

十幾個人六七輛車，又把鯊魚肉拉回家裏。兩次出海，都吃得高興爽快，又帶回了大量鯊魚肉，至少都還能吃好幾次。

回到家裏後，周宣第一件事就是找一個大盆子，把怪魚放到盆子中，第二天又特地請工程公司來裝修一個碩大的魚缸，放在客廳裏。

傅天來當然不會反對周宣做的事情。

這個玻璃魚缸很大，兩米的厚度，高約有四米，長有十米，算起來足有八十個立方，在家庭中算是不小了，還好傅家的客廳夠大。

周宣再把怪魚放到了這大魚缸中，又加了些五彩海石以及別的其他魚類，用來給那怪魚作伴。

這其間，周宣又再試探了與怪魚的交流，但都沒有成功，腦子裏連感受冰冷的感覺都不曾再有過了，也測試了那語言交流器，是好的，沒有任何問題，只是與那怪魚不能交談。

而每次周宣觀察那怪魚時，都覺得那怪魚似乎在看他，覺得那怪魚好像有思想一般。那怪魚給他的感覺就是那麼神秘，但家裏其他人卻都沒有這種感覺，在他們看來，這魚即使長得再怪，那也只是條魚。

周宣沒事時，便把這怪魚的照片放到網上去了，隔了兩天再去看那個網站時，便發現他發的照片下已經留了數千條的留言，有的說是龍魚，是龍的後代，有的說是史前種類，屬於未知的魚種，但無論哪一種，都不能讓周宣覺得滿意，這些說法，他覺得都不恰當。

說龍的後代吧，子虛烏有，除了史前的恐龍外，東方傳說中的龍，那只是一個傳說，是虛構的，不存在的東西，而別的說法，他覺得更好笑，縱然周宣並不是一個古生物學家。

不過確實來講，周宣抓到的這條魚，不是世界上已知或者已經有化石的種類，或許就是一個不爲人知的新種類。

周宣自己是覺得不那麼簡單，但也不著急，反正這條魚肯定不是他的對手。回來後，周宣把與老何合作的事又推後了些，因為之前發生與中情局秘密研究機構的事情，所以周宣暫時不能與老何合作。

那辦公大樓的租金對周宣來講，是不值一提的，就主動提出由傅氏來承擔，老何仍舊可以開他的診所營業，只是合作新公司的事稍為延後而已。

其實，因為陳家人的事，已經有數十個富豪來跟老何聯繫了。陳家老三的愛滋病經他們到醫院反覆檢查了幾次，確實證明給治斷根了，陳家人當真是無比的欣喜。

當然，錢也花掉了。不過，能買回老三的命，陳家也覺得值了。陳太先於是又再付了另外一億的現金送到老何手中。

陳太先想到，既然老何有這樣的能力，以後，萬一家人再有個什麼三長兩短，還會用得著像這樣的異人，是不能得罪的，必須給自己留一條後路。

要是自己以後也得了什麼絕症，說不定還要請他們救自己的老命呢，所以，即使肉痛也忍了。

陳太先為了討好老何，又特地介紹了一些富豪朋友給老何，讓他治病。所以，老何一下子也忙碌了起來。

不過周宣卻通知他，說合作的事要延後，老何也沒有辦法，只能婉拒那些來求醫的人，說是目前還不能醫治，需要過一段時間。

老何越是這樣，陳家就越是感激老何，別的人十萬火急的樣子，但老何死也不答應治病，對他們家卻是立刻醫治，雖然診費不菲，但相對來說，以那個價錢救他兒子的一條命，其實也值了。

周宣這段時間以來，十分老實地待在家裏，沒有再出去，反而是傅天來陪著老父和周蒼松夫妻一起到紐約的各個風景名勝遊玩，一暢心懷。

周宣早上又給那些保鏢搞了一罐大補湯，讓他們武藝精進，不過，一周後就停止了。再補也會出問題的，量到了，其實就是又到了一個瓶頸，要突破這個瓶頸，那就得看他們自己的悟性和造化了，藥物是不能一用再用的。

這一天，周宣又一個人在客廳裏，連傅盈都陪著家人出去到超級市場了。

周宣又如以往一般，拿了魚食給魚池裏的魚餵食，除了那條怪魚外，其他的魚都爭先恐後過來搶食，但那條怪魚依舊沉在角落底部，毫不理睬。

周宣有些擔心，這條怪魚自打抓到後，就不曾再吃過什麼東西了，會不會餓死？牠究竟要吃什麼東西呢？

周宣想不出來。這段時間中，餵牠小魚小蝦，各種各樣的魚食，都不能引起牠的注意。

周宣簡直有些無法可施了，心想：要是再過幾天牠還是不吃不喝的，就只好把牠送回大海中，雖然還沒弄清楚牠的秘密，但也好過把牠囚禁在這裏，讓牠死掉的好。

或許，牠真的只是一條長相奇特的魚而已吧，自己雖然弄不清楚，異能探測不了，但並不表示牠就是一條外星魚，還是把牠放回大海中，讓牠活得自在些。

周宣又到院子中去採了一條千年人參，打算等一會兒把它送到老何那兒去，與老何合作的事被推後了，他覺得有些不好意思，現在拿條千年人參補償他一下。

第一六六章

最強超人

「那我們就來談個交易，
你不要把我送給那個戴恩教授，我就教你想要的能力。
你其實還可以擁有很多能力，所以你比我更有優勢。
如果你能答應我的要求，我就答應把你變成這個星球上最強的超人。」

周宣把人參放到茶几上，然後找盒子準備裝好，當他拿著盒子進客廳後，忽然間發現，那條怪魚游到了玻璃池邊上，一雙眼盯著那支千年人參，周宣呆了呆，再仔細看了看，那怪魚似乎還真是在看這人參。

周宣心裏一動，當即從人參上扯了一條根鬚，然後放進池子裏去，那人參鬚在水面上漂動，那怪魚迅速游上來，一口便將那參鬚含到嘴裏，然後將參鬚吃掉了。

吃掉人參鬚後的那怪魚，眼睛裏似乎有了些光。

周宣趕緊又多扯了幾條參鬚扔進池子裏，那怪魚都毫無例外地吃了。偶爾有別的魚也游到這兒，那怪魚頭一擺，便將那魚兒凍成了一塊冰塊，那魚當即就被凍死。

這怪魚竟然有如此的攻擊性，周宣還是第一次見到，不禁覺得又好奇又訝異，但還是給牠餵了食，把一株人參都餵完了，那怪魚才似乎吃飽了，又潛回那個角落中睡覺了。

吃掉了這支千年人參，周宣再看那怪魚，雖然牠不動彈，但牠身上的白色鱗甲以及那黑角、金黃鬚，似乎都更亮了一些，顯得更有生氣一些，看來參鬚的滋補的確有用。

不過周宣十分奇怪，如果怪魚是吃人參的話，那在大海中，又哪裡會有人參？也許是那怪魚嘴挑，在海中也只吃一些價值較高的東西吧？

要說有極高藥用價值的，海中的生物並不比陸地上少，甚至有可能更多，只是大海中更難得到，顯得更神秘。

陸地上的東西，有些地方縱然再危險，人類也能到達，所以還有可能得到，比如人參、靈芝、何首烏，或者是虎骨、熊掌、熊膽這些東西，雖然難，但並不是不能得到。

而大海中的東西，往往埋在最深的海底，人類目前的科技是無法到達的，即使有什麼好東西，也不可能會得到，所以說，大海中的珍貴物質，人類也許並不知道。

這條怪魚如果挑食，在大海中或許是沒有問題的，不過，要是一天就吃一條千年人參，估計就算是周宣，那也餵不起。不是說周宣沒那個經濟能力，而是沒有種子，如果有種子，周宣倒是可以培植出來，一天給怪魚餵一支。

院子裏只有兩支人參、三支何首烏和三支靈芝，人參體形最小，其次是靈芝，最大的是何首烏，不知道那怪魚吃不吃何首烏和靈芝？

如果也吃這兩種的話，周宣就可以斷定，這怪魚是專吃靈藥類的東西，而不是挑食只吃人參，那以後他可以到老何那兒去多弄些種子回來，用異能培植的話，一天就能種到這個境界，暫時是不會缺吃的。

而且還有一種可能，這怪魚給餓了這麼久，從抓回來到現在已經好多天了，就是一般人，也給餓壞了，有可能之後就不會吃這麼多了，也許很多天才需要吃一餐也說不定。

周宣沒有再去把靈芝和何首烏採下來給怪魚吃，心想怪魚應是吃飽了，到明天再採來試一試，別把牠撐壞了，又想著：是不是找個考古生物學家來鑑定這怪魚到底是什麼種類。

那怪魚吃了人參後，沉到水底角落中一動不動，周宣又試圖與牠的思想聯繫，但再也沒有第一次那種感覺，雖然上一次周宣也沒有探測到牠腦子裏想什麼，但那一下閃電般的震撼卻是記憶猶新。

雖然只有閃電般的一下，但周宣在那冰天雪地的感覺中確定，那就是那怪魚當時的念頭，只是現在再也沒有那種感覺了。

探測不到怪魚的思想，周宣雖然極為好奇，很想知道這怪魚的來歷，但怎麼也查不到，那也沒辦法。

晚上上網後，看到一則留言，因為是英文的，看不懂，周宣就把傅盈叫過來，讓她幫自己翻譯一下。傅盈一邊看一邊給他解釋：

「這個留言上說，他叫戴恩，是佛德里達州的一個生物學家，他看到你在網上傳的圖片後，對這個怪魚很好奇，想跟你瞭解一下，看看是不是已知的種類中的物種。」

最後，戴恩留下了一個聯繫的電話號碼和電子郵箱，希望周宣看到後能跟他聯絡。

周宣想了想，對傅盈說道：

「盈盈，你覺得有沒有必要跟他聯絡？」

傅盈微笑道：「人家是生物學家，對未知物種好奇想進行研究，你願意便聯絡，不願意就算了，又不是什麼大事。」

周宣呵呵一笑說道：「那就算了，是個陌生人，我又不懂英語，溝通也不方便。」

傅盈也沒有說什麼，就隨他了。

其實在生物學來講，一個未見過的新物種的發現，無疑是一件天大的事，但周宣不是生物學家，沒那個興奮勁，他只是想弄清楚這究竟是個什麼東西，是不是新物種，對科學研究有什麼價值，他毫不在乎。

第二天，周宣又弄了一些靈芝，捏碎了給那怪魚吃，那怪魚當真吃了，一口一口吃得很帶勁，而且依然不讓別的魚類靠近，把靈芝吃完後，又沉到水底角落中睡覺了。

周宣與牠的交流，依然毫無進展。

周宣仍不斷地餵食怪魚靈芝和人參，一次都是一整棵，而何首烏體型大一些，一棵何首烏可以餵三天，三棵何首烏再加上三個靈芝、一支人參，半個月還不到就全部餵完了。

吃了這麼多大補的東西，那怪魚的鱗甲變得越發白了，但體型卻是不見長大，每次吃完便沉到水底休息，不游動，也不跟別的魚嬉戲，別的魚只要一靠近，便被牠凍成冰塊凍死。

當然，這個秘密只有周宣一個人知道，家裏其他人都不知道這個怪魚的秘密，一直以爲牠只是一條長得奇怪的魚而已。

周宣拍了幾張照片，然後跟傅盈一起到紐約大學的生物系去諮詢了一次。

生物系的幾個教授都嘖嘖稱奇，看不出來是什麼品種，但因爲是活物，不是化石，所以猜想是龍魚或者金魚的變種旁支。

周宣見他們也認不出，只給了這麼個一般的答案，心裏自然是不信的，這魚的秘密只有他才知道，想想也知道，這絕對不可能是什麼龍魚的旁支。

回去後，周宣又看了看池子裏的魚，實在有些無語了，查不出牠的來歷，又不知道牠到底包含了什麼秘密，不過，他還是不忍心把牠殺了剖腹來檢查。

這魚的個頭這麼小，肯定不能與之前那條含了火隕刀的箭魚相比，即使把牠殺了檢查，肚腹中可能也查不到什麼東西，檢查不出秘密，魚也死了，沒什麼意思。

想到從明天開始就沒有東西餵牠吃了，這怪魚又太挑食，魚食什麼都不吃，偏要吃什麼靈芝人參何首烏，這些可是拿錢都買不到的珍貴藥材。在別人家，就是人吃，也捨不得如此浪費，像他這樣當白菜一般地餵牠，就再有錢的人也吃不起。

之後的幾天，周宣再給怪魚餵食時，那怪魚仍然不吃這些普通魚食，沒有牠要吃的東西，牠就待在水底不出來。

說也奇怪，周宣從三米多高的池子水面上扔食，如果是普通的食物，牠就一動不動，但只要是一扔靈芝人參什麼的補品，牠立刻就游了上來。

再過幾天，周宣實在忍不住了，那魚依然一動也不動的，只要沒牠吃的，牠就不出來，也不讓別的魚靠近牠。別的魚類雖然沒有智力，但都不敢再靠近牠了，很明顯對牠心存畏懼。

周宣終於準備把牠送人了，或者把牠送回大海中吧，在大海裏，牠想吃什麼就自個兒去找，他懶得再伺候了。

晚上上網流覽網頁時，他見到那個叫戴恩的，又留了好幾通留言，在其中一條留言下，還附了幾張圖片。周宣打開圖片一看，頓時一怔。

那圖片上也是一條像怪魚模樣的東西，但周宣肯定，那張圖片不是自己抓回來的那條怪魚，因爲那張圖片與自己上傳的不一樣。

這條魚的圖片不可能有別人拍了傳出去，而且戴恩傳過來的照片很古老，好像有很多年了，顏色都有些發黃。

周宣頓時心想，這個戴恩難道真的知道這怪魚的來歷？從這張照片來看，他或許真的有可能知道一些情況，不管怎麼樣，他知道的也許比自己多。

周宣當即把傅盈叫來，讓她按照戴恩留的電話號碼打了過去。只見傅盈在電話中嘰嘰咕咕地說了一陣，最後掛了電話後，對周宣說道：

「戴恩說明天馬上趕過來，想當面跟你談一談。」

周宣說道：「盈盈，明天我想把這怪魚送給戴恩教授吧，這條怪魚太難伺候了，吃要吃最貴的，這還不說，要命的是，現在食材都被牠吃光了！別的牠又不吃，拿什麼餵牠啊？乾脆送人算了。」

傅盈笑笑道：「隨便你啊，抓也是你抓回來的，送不送人都憑你自己的意思，我可沒意見。不過，我見這魚挺討人喜歡的，又長得很特別，送人也太可惜了。不過，要是牠真的太挑食，那就很麻煩了。你要送就送吧，趕明兒我們再到寵物店去買些好看的魚回來養。」

周宣點點頭，心想就這麼辦吧。

此刻，小孩又咿咿呀呀叫起來，傅盈便抱著小思思到後院裏去散步。

客廳裏又只剩下周宣一個人了，周宣搖搖頭，抬腳準備也到後院裏去陪家人，但就在這一瞬間，他忽然看到池子裏的那條怪魚驟然一動，迅速竄到水面上來，游了游，把頭朝著周宣的方向擺了擺。

周宣一怔，隨即止步，看著那怪魚時，腦中忽然清楚聽到了一個聲音：

「別把我送人！」

周宣呆了呆，左右看了看，客廳裏沒有人，而且，這聲音並不像是真的聲音，而是腦中得到的訊息。

呆了呆後，周宣對那條怪魚問道：「你是在跟我說話嗎？」

那條怪魚嘴一張一合的，周宣腦子裏馬上又得到了一個訊息：

「是的，是我在跟你說話。」

周宣頓時興奮起來，馬上問道：

「真的是你在跟我說話？那你告訴我，你究竟是什麼魚？是地球生物嗎？」

那怪魚其實並不是在說話，而是在用腦波跟周宣交流。牠想要說什麼，周宣腦中立刻能明白清楚地感應到這怪魚的思想。

那怪魚馬上又傳出訊息：

「你這個人類很特別，在大海中，還從沒有什麼人類能將我抓住，你身上擁有的能力跟我有點相似，但又大爲不同，你是個極端。我不明白，你是怎麼能把這兩種毫不相同，甚至是水火不容的兩種能力融合在一起的？你身上還有一些能力我也摸不透。」

周宣詫異之極！這大半個月以來，自己因爲弄不懂這個怪魚的來歷，早已經不耐煩了，因爲異能探測不到，卻又無法肯定牠是不是外星球來的物種，而且，也不知道牠是不是有智力的東西。

不過現在，周宣可以完全肯定，這條怪魚是一條有高智商且身擁異能的魚。

如果牠是人的話，周宣倒不奇怪，因爲這個世界上有異能的人他是見過的，但這是一條魚，所以他才奇怪，怎麼會有一條既擁有異能又擁有高等智慧的魚呢？

那條怪魚馬上又傳出訊息：

「其實我不是魚！按照你們的說法，我是外星人，如果硬要下一個確定清楚的定義，那就叫我外星魚吧。」

周宣頓時詫異不已。

說實在，他從得到異能後到現在，外星物質見過不少：讓自己得到異能的黃金石是第一件，然後是九龍鼎，九星珠，包括天坑地底的外星飛船，最後是手上戴的這個語言交流轉換器，還有一件是自己不曾得到的火隕刀，這些都是外星產物。

真正的外星人，周宣也見過，那就是屠手殺手組織中的幾個首腦，而那個首腦以及兩個獸人，幾乎都被他殺掉了。

從這件事情上看，周宣對外星人可以說是有相當的戒心。

外星人對人類可沒有那麼仁慈，而現在這條怪魚，是他見到的第二種，是不一樣的外星人。

說實話，他有些不太相信，但如果說不相信，也沒有別的說法可以解釋，任誰也不相信，一條魚會有思想麼？

停了一下，那怪魚又傳出訊息：

「我的祖先是來自離銀河系六百億光年的遙遠星系，牠們來到地球上時，地球上只有一些龐大的生物，比如說恐龍。我們的飛船撞擊了地球，造成物種大滅絕，我就是在那個時候出生的。

因爲地球表面已經不能生存，我就只能在海水裏生存，所以我就成了現在這種形態，因爲要適應地球的環境，我只能放棄我們星球的形態，而放棄那種形態，我同時還要犧牲強大的能力，那種能力，是你們不能想像的。」

周宣嚇了一跳，難道這條怪魚還是來自於一億年前的遠古時代？

「你不用懷疑，我確實來自於一億年前，也就是因爲我放棄了我原本的形態，才能在你們的地球上生存這麼長的時間。因爲我們的飛船已經撞毀，回不去了，所有的設備都化爲烏有，我們只能選擇適應你們的環境來生存。

當時，我們種族一共只生存下來六個人，在惡劣的環境中又死去三個人，最後生存下來的就只有三個人。因爲理念不同，我們三個基本上都是各自發展的，我一直生活在大海中，而另外兩個，則一個生活在地底下，一個生活在地球上。

我們三個的外形變化相差不大，但區別在於我沒有腳，我的同伴有腳，而我的腳則變成了鰭。」

周宣越發驚訝，像聽天書一般。想了想又問道：

「你好像能讀到我的思想？」

「是的，這也就是你們所說的讀心術吧。其實以你強大的能量，你也會的。我看你只是不會運用這種方法而已。」

「真的嗎?那你能不能教我？」

周宣心裏一喜，隨即脫口而出。

「那我們就來談個交易，你不要把我送給那個戴恩教授，我就教你想要的能力。你其實還可以擁有很多能力，因爲你有這個最能適應地球環境的身體，你就是這個星球上的居民，所以你比我更有優勢。而我已經局限於這種環境，這限制了我的能力。如果你能答應我的要求，我就答應把你變成這個星球上最強的超人。」

周宣哈哈一笑，說道：

「超人?哈哈，這個字眼挺眼熟的，我看過一部電影，講的就是一個來自外星球的小孩，他的星球素質是地球的很多倍，所以來到地球後，他的身體就擁有了超強硬度，跟鋼鐵一般，刀槍不入，上天下海暢行無阻，眼能透視，並能發出紅外線，能切割一切物質，能在幾分鐘內飛繞地球，你說的是這個超人嗎?」

周宣其實是以開玩笑的語氣說的，但那個怪魚傳出的訊息說道：

「有這回事?這個在理論上是可以的，讓身體強硬如鋼鐵，其實，我可以讓你的身體比鋼鐵還要硬!透視、紅外線，這只是小意思，不過飛行的話，相對來說就要難一些，但也並不是不可能……」

周宣聽牠這麼一說，倒是一怔。自己本是說笑的，但牠卻好像是十分認真，不過這怪魚是不是想逃走，又或者是怕自己把牠送給戴恩教授，才對自己撒謊呢？說要拿能力來跟自己交換，要是牠真有這種能力的話，又怎麼會被自己抓住？

那怪魚馬上又傳了訊息過來：

「你想錯了，我不是說謊，也不是想逃走，孤孤單單地在大海中生活得太久，覺得沒意思，如果你願意跟我交換條件，繼續供我吃人參、靈芝、何首烏等等好東西，我就拿能力來跟你交換，我想，為了表示我的誠意，我就先讓你擁有讀心術吧。」

周宣很好奇地等著，看牠要怎麼做。

這個讀心術，周宣倒真是想得到，很多時候，他很需要知道對手的想法。

那怪魚又傳來訊息：

「讀心術，其實在我跟你說的能力中，算是最簡單不過的。你本身的能力已經極強了，讀心術是基於強大的腦思維能力之上的，只有腦波能力強大，才能運用讀心術。

這個讀心術其實很簡單，你只要把腦波集中起來，用腦波去感應你想要知道的人的思維，對方想的什麼，基本上都會以腦波的形式與你進行交流，你只要用腦能力專注一下就可以了。

因爲你的能力太強大，和一般腦能力強的人不同，只要你想，甚至能探測到距離很遠的人的思維，這就已經達到了聽心術的境界，而不僅僅是讀心術，你試試看？」

周宣一怔，這怪魚說得不是沒道理，只是自己沒有這樣想過，也沒有這樣試過。

以前馬樹會讀心術，但他的能力很低，遠比自己低，從馬樹的情況來估計，也許讀心術當真不需要很強的能力。周宣當即把腦子靜下來，努力凝聚在腦波能力上。

這可不比他用異能。異能是想用就用的，如使手臂一般，想怎麼用就怎麼用，但腦波就不同了，只能想，而不能變爲實質的用。

腦子裏想的，只是一種思維，除了傳達到神經系統外，轉化爲用手腳和嘴使出來的行動外，腦波要將思想變成實質的東西，那其實是不可能的。

周宣平靜下來後，把腦波一加強，專心傾注，如練功一般。練功是腦觀心，現在是心觀腦，把一縷思維集中起來，全力想像著，探聽外面那些人的思想。

就這麼一下子，客廳外面的院子中，十數個人無形的聲音便傳入了他的腦子。實際上，這不是聲音，而是腦波經過。

保鏢們有想把功夫更上一層樓的念頭，有想老闆再多加點薪水的念頭，傅盈想給女兒兒子買件中意的衣服，想給周宣舒緩一下心情，不想讓他那麼累；傅天來想要帶全家人到哪裡遊玩去，而傅玉海此時則想起了死去的哥哥傅玉山。周蒼松想著孫子是不是該撒尿了，金秀梅卻在想著遠在北京的女兒兒子，惦記著他們過得好不好。

眾人念頭紛紜，讓周宣一下子手忙腳亂的，太雜亂了，本來以為只能聽到一個人的思想，一下子忽然接受了十幾個人的思想，頭都大了。

那怪魚的思想又傳了過來：

「你的腦念力果然強大，這一通就能測聽到數十米外的全部人的思維，稍顯雜亂吧？你可以把你的腦波凝結成束，也可以專心測聽某一個人或者幾個人，這個可以多試驗幾次，就能隨心所欲了。」

周宣依著牠說的來做，以前把異能凝成束就要強大許多，也極有經驗，現在照做，把腦波凝成束，對準某一個人測聽，與異能同行，異能探測到多遠，腦波就能探測到多遠的人腦思想。

現在，周宣探測到四百米以外的街道中，過路行人那紛紛擾擾的思想都落在他的探聽之中，想選哪個就選哪個。

腦波比異能更快，異能類似於真氣，放出去探測時，雖然看不見真氣的形態，但周宣清楚，那是有形的，但腦波卻是無形的，說光的速度快，腦波比它更快，只是限於身體的能力，周宣只能探聽到四百米以內的人腦思維。

周宣這一喜當真是非同小可，原來讀心術真這麼簡單，看來以前自己只是沒有得到方法，其實這種能力還遠低於他本身其他能力的難度，當真是算不得什麼。

縮回思想，周宣腦波與那怪魚的思維一碰，腦子一震，兩者就接通了，只要那怪魚不抗拒，他就能與那怪魚的思想交流。

而周宣在接觸那怪魚的思想時，卻又很明顯感覺到，只能聽到牠想說的，而牠的腦波，周宣卻探聽不到，牠把自己更深的思想給隱藏起來了。

周宣的腦波實在夠強大，主要是以前不懂，這時一通百通，強大的腦波一運行，便即又明白許多事，腦子立即將自己其他部位的思想鎖起來，只單單留下自己想說的話與那怪魚交流。

那怪魚立時嘆道：

「你果然聰明，舉一反三，我一說，你馬上就明白了，現在你把自己的腦波鎖起來，只說你想說的話。當然，如果你的對手比你更強，那你就沒有辦法探測到他的深層思想，而且有可能反被對方控制，不過我想，這個世界上比你腦波更強大的人，可能已經難以找到了。」

嘆息一下，怪魚又說道：「如果我們種族能以本身的形態生存，那我們的腦力就比你強大得多了。」

周宣道：「那你的另外兩個同類呢？牠們的念力比你又如何？」

「這個就跟人一樣，聰明的就聰明，笨的就笨，不過無論如何，差別都是能看到的。聰明的人吧，再聰明他還是個人，不會是神，聰明的程度，其實也都局限在某一方面。我們一族也一樣，我的那兩個同類，腦波能力與我相比，相差不會太大，也許比我強，也許比我弱，差別不大。」

怪魚一邊傳出訊息，一邊緩緩游動了起來。

「因爲要適應地球當時惡劣的生存環境，所以我們都得以適應的形態生存，這也就大大限制了我們的能力。人類其實是這個世界上達到最完美的生物形態，你們的腦子，也就是大腦，真正被使用和開發到的其實只有百分之一，稍稍聰明的也許達到了百分二、百分之三，能開發到百分之三點五左右的人，就能讀到別人的思想，如果再強一點，就能做出很多人類想不到的事情，比如說特異能力，其實就在於腦思維開發的多與少。」

周宣聽得越發新鮮無比，不過，這怪魚說話還真有些道理，至少是可以解釋得通，不是隨便瞎說的，這個一想就明白。

周宣想了想，當即把腦波凝成束，去強行讀取那怪魚的思想，剎那間，那怪魚便如受到雷擊，一個顫抖，身體踉蹌不堪。

周宣的腦波與牠的思維交相碰觸，剛剛似乎是火花四射，但周宣到底還是沒能讀到牠的思維。

這怪魚雖說身體受到了限制，不能發揮牠本身的能力，腦波要弱小了許多，但周宣還是不能讀到牠腦子裏最機密的資訊，要是能夠的話，那就不用跟牠交換條件了，一下子就把牠想要知道的取出來享用了。

說起來，這怪魚的腦容量要比周宣的弱小許多，但極有可能在牠的腦子裏，有比周宣更高更強的特異功能在支撐，所以周宣無法探聽到牠的腦波，而那怪魚也是再不能探到周宣的思維了。

從這一點上面講，周宣也有些高興，雖然這條怪魚的來歷要比他強太多，但現實的能力相比較，自己只比牠強而不比牠弱，也因此才能用異能抓住牠。

也許就真如怪魚所說的，他自己是人，在外星系不知道會是什麼情形，但在地球上，他們就是主人，是最完美的形態，所以周宣只要把腦子做更多開發，就能得到更強大的能力，而不像那怪魚，牠的身體只能是那個形態，所以牠的能力就被局限到那個程度了。

第一六七章

舉一反三

那怪魚陡然之間感覺到不妥，這個周宣，實在很可怕，
他的能力究竟是如何練就的，牠也探測不到，
剛剛給他提醒一下，結果他就舉一反三，
要是再提示多一些，他就會更強大於牠，這讓牠感覺到十分害怕。

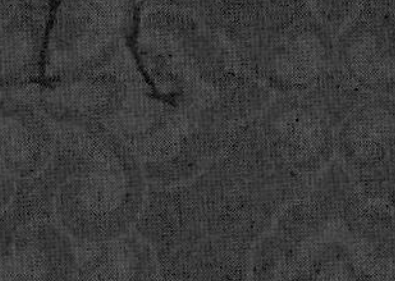

那怪魚陡然之間就感覺到不妥，這個周宣，這個人類，實在很可怕，他的能力究竟是如何練就的，牠也探測不到，剛剛給他提醒一下，結果他就舉一反三，要是再提示多一些，他就會更強大於牠，這讓牠感覺到十分害怕。

當然，牠的這點私心想法，周宣也探測不到。牠與周宣兩個，基本上是處於互相探測不到的狀態，只能把想說的傳給對方，拿來交流。

周宣哈哈一笑，然後說道：「我要回房去細細想一想了，不過，你給我的啓發太多，我要謝謝你！你放心，我不會把你送人了，明天，我再去找個朋友，要些靈藥回來種植，用異能催發一下，過兩天，你就能吃到最好的藥材了。」

說完，周宣就到樓上自己的房間裏，坐到床上先練功，讓自己靜下來後，這才慢慢冥想，訓練腦力。

將異能運行幾個周天，然後靜下來，腦子把思維凝聚起來，然後探測自己的腦子內部情形，突然，腦子裏的細胞一一顯現，這讓周宣非常吃驚。

以前，從來沒有人把自己的腦細胞擺到視線下觀看，現在不僅能拿出來看，還能探測著使用開發的情況。

說到開發的情況，周宣發現到，他的腦子使用程度只有左腦裏的一小部分，右大腦幾乎沒有使用，左腦開發只使用了五分之一，仍然算是極小的一塊，而普通人，也就是沒有異能的人，大致上只使用到百分之一左右。

慢慢用思維去感應沒開發的區域，就像走在沒走過的路上一樣，前面不是不能走，只是很陌生，沒有去過，當真要去，也不是到不了。

周宣將異能運起，然後強行開路，撞入鄰近的區域，腦子裏「轟轟」直響，頓時給周宣強行撞開另外一個區域，幾乎讓周宣的思維開發度達到五分之二。

就在撞開左腦思維的區域時，周宣便感覺到全身一震，身體肌肉的密度陡然緊了，細胞分子的結構發生了極大的變化。

此刻，細胞組織以一種奇怪的形式排列組合著，有些類似於精鋼、炭石、金剛石等等的分子結構，但又明顯感覺得到，自己的身體細胞分子比這些結構更強更大。

是不是身體能經受很強的撞擊了？這種細胞分子結構讓周宣覺得，他的肌膚似乎是要比鋼鐵更強更硬了，所以才有了能擋住很強烈的衝擊的念頭，只是，這種強大到底強到什麼程度，周宣自己也不知道。

身體四周也沒有什麼好試的，只有床頭露出來的木質把柄，周宣伸手捏了捏，這種木頭是很貴的實木料，遠比普通的木頭要硬得多，重量也要大得多。一般的木頭，做這樣一個床，大約只有一百斤左右，但周宣的這張床，至少超過了六百斤，品質比普通木頭要硬了六倍。

周宣把手指頭朝那把柄處用力一插，「噗」的一聲響，手指頭便全部插進木頭裏面，當真是比精鋼還要強硬得多。像這個木頭把柄，即使你拿個鋼鐵錐子用力插的話，最多也只是在表層插破皮，人力絕無可能插進裏面，甚至是完全插進去。

這就說明兩點，一是周宣的身體肌膚結構已經遠超鋼鐵，二是自身的力度也隨著加強了，這一插的力度，也許超過了數千斤，甚至萬斤。

如果可以的話，周宣現在應該已經可以把自己身體的重量轉化到數噸重，因爲他可以把自己身體的分子密度稀釋一下，自然品質也就大了無數倍。

實在是太不可思議了。

周宣甚至要感謝起那條怪魚來。沒想到在海水中隨便探測，竟然撈起一條魚形的古老外星人，這條外星魚的能力要遠比上次除掉的那幾個屠手中的外星人都要強大得多，只是因爲來到地球的年代太早，只能犧牲形態來適應生存。

不過，這種外星生命體肯定是要比屠手中的外星首腦要更強。屠手中的外星人來地球的年代近得多，而且生命也遠及不上怪魚的生命力強，應該說，他們是遠及不上怪魚的強大的。

要是把他們放到一億年前，只怕他們早被地球惡劣的生存環境給毀滅了，即使沒有給毀滅，也在這麼久遠的年代中煙消雲散了，他們是不可能活得到這麼長的，從這一點上看，那怪魚就要強很多。

周宣知道，他肯定還能從怪魚身上獲取到更多的秘密。

而在他撞開左大腦的第一個新區域後，再探測大腦中其他沒開發的區域時，便覺得有如懸崖或者岩壁一樣，不是過不了就是進不去，不像剛剛那一處，一撞擊便即進去了。

不過，周宣又想，那怪魚說，開發大腦的區域越多，能力就越強，照理說，腦思維強了，應該就聰明吧，怎麼自己好像並不比別人聰明多少呢？

不知道是不是自己感覺不到的原因，反正周宣也弄不清楚，當下還是再努力鍛煉自己剛剛開發的大腦。

熟悉了好半天後，就跟練功一樣，他把開拓的經脈練熟練純，腦波越發增強了。他又忽然想到，以現在這個身體強度，只怕到大海中去，徒手便能潛到最深的海底了吧？想像中是可以的，因爲鋼鐵扔到海裏，即使沉得再深，也不會受到損傷或者破壞，自己的身體比鋼鐵的密度還強，比鋼鐵的品質還大，應該是沒有問題的，現在關鍵的是呼吸問題。

人在水中肯定是要呼吸的，以前徒手潛水，周宣靠的是閉氣，因爲有異能，能從皮膚上呼吸，所以周宣能在水中潛很長的時間。

以前並沒有去測試過極限，估計應該是可以有幾天以上，這要看海水中氧氣分子的多少。氧氣分子多，也許就能待更長，氧氣分子少，就可能要短一些。而海底中，潛得越深，空氣成分就越少，因爲海水的面積更大，受到壓迫的力量就更大，所以也更難一些。

不過，周宣又感覺到，他現在不僅僅可以用肌膚呼吸，而且也可以不呼吸。

當然，這個不呼吸不是指心臟停止跳動，而是說，他可以用閉氣的形式生存。這個閉氣自然不是說一分鐘兩分鐘、一個小時兩個小時了。

對周宣來說，那樣的時間就不叫閉氣了，可能最少也是以天數來論吧。

或許這也是水火百毒不侵的一種方式吧，雖然還沒有試驗，但周宣可以感覺到，他的身體可以承受到什麼樣的壓力。

要是把左大腦開發到全部，又會出現什麼樣的情況？甚至是右大腦也開發完了，又會是什麼樣子？

以前在某個雜誌上見到過，據科學家們猜測，人類的大腦，通常是左大腦用處大，右大腦基本上還沒看出有什麼用處，所以通常處於閒置的狀態。不過周宣不相信，因爲科學家解釋不出來，只是在猜測，所以一切就不能確定了。

人身上的每個地方都有用，尤其是大腦，既然有了這個設置，那肯定就是有作用的，只是還不知道作用是什麼。

練到這個地步後，周宣把剛開發的左腦新區域又打通了一下，不過別的區域是無法進入了，估計還需要摸索練習。實在不行的話，再去跟那怪魚商量，拿食物跟牠交換吧。

要不把牠送人可以，但自己給牠準備食物，肯定是要花費許多心血的，這得要拿好處來換。

自己剛剛開通了一個腦區域，就跟練武的人一樣，至少是練了初級再才能練中級，最後再練高級，功到自然成，如果不把這個區域消化掉，基礎不打牢，也是很難進入到下一步的。

呵呵一笑，周宣便起床到樓下。

那怪魚又在睡覺，周宣下去後，牠跟周宣打了個招呼。

周宣笑道：「我去給你買吃的回來，不過要明天才有，最少得一天的功夫才催長得出來，現成拿來的只有一年的功效，沒有什麼營養的。」

周宣跟傅盈及家裏其他人說是到老何那兒去一下，弄點植物花草回來栽種。眾人也不奇怪，周宣已經做過一次了，上次就在老何那兒提了個箱子回來，裏面裝的就是那些花草，其實那是周宣拿回來的人參靈芝何首烏的種苗。

這次，周宣讓一個保鏢開車送他，因爲要拿的種苗太多，用手提就不方便了，乾脆用車載。

老何在診所。與周宣合營的公司被推遲後，他只能先用以前的方式暫時經營，不過，來煩他的人太多，所以他乾脆把自己鎖到裏間睡大覺，店面由何三看守。

周宣進店，何三一見到周宣，趕緊迎了進去，請周宣坐下，然後又到裏間敲了門，輕輕說道：「二叔，周先生來找你了。」

要說別人，老何絕對不理，但一說周宣，老何一骨碌就爬了起來，猛地打開門就往外急急跑去，連在門邊的何三也不理了。

老何笑容滿面地把周宣拉進去，狀態親熱得何三都不敢相信。

在裏間，老何把門關上了，才悄悄問周宣：

「小周，醫院的事，怎麼樣了？」

看著老何著急的樣子，周宣笑笑道：

「老何，最近我跟官方的人有了點麻煩，需要再等一段時間才能辦看診的事，不過你放心，那邊房租的開支由我來付。我有時間也可以抽空給病人治療一下，不過病人的人選，你要先選好，確定後你再給我打電話。」

老何大喜，周宣的意思他明白，讓他挑選人選，其實就是讓他儘量挑選一個能拿得出大筆現金的人，而且只限一個名額。那肯定得選一個身家豐厚的人了。

陳太先那兒已經又送來了一億的支票，因爲錢來得太容易，所以老何也想打鐵趁熱再多賺些。

「何叔，我今天來是找你有事的！」周宣指指院子裏邊的方向，然後說道，「我想把你院子裏的藥材弄一些回去，種到我家的院子中，這樣，我閒著沒事的時候，就可以學學種植，又能打發時間，還能陶冶心情，一舉數得！」

「那還跟我商量什麼？直接去弄就是，你想要多少就拿多少！」老何幾乎是想也不想地說，心思完全不在他的藥材上面了。

這個藥材園子，加上診所，一年到頭也賺不到五十萬，七七八八的開支一出，能存個三兩萬就算是萬幸了。辛苦了一輩子，做夢也想不到，跟周宣就出那麼一次診，賺的零頭比他一輩子賺得還多，以後跟周宣合作的看診公司，別說周宣讓他得三成，就算只有一成，也遠比他的診所賺得多。

周宣哪還客氣，趕緊起身道：「何叔，那我就不客氣了，那東西挖起來就必須得儘快栽植，否則就會乾死了。」

「那好那好……我來幫你弄！」老何也跟著站起身，拿了鋤頭到院子裏，又問道：「小周，你要哪些藥材？」

「還是上次那些！」周宣直接便走到了人參和靈芝的地方。

老何拿了藥鋤就給挖了起來，然後一株一株放到外邊的地上。這些藥材雖然值錢，但只是一年生的人參，與千年人參相比起來，這一院子的藥材也比不上那一株，而且再值錢，也沒有周宣出診一次的錢多。

老何毫不在意地挖起來，每一種都掘了數十株。後來見到實在太多，不好弄回去，就說道：

「小周，這些暫時夠了吧？如果不夠的話，你以後直接來弄就是。反正這些藥材，我也不去挖採，都給你留著，你想要的話就來弄！」

周宣趕緊點點頭，然後說道：「那好，何叔，你這三種藥材，我全都要了。只不過一時不能弄走，可能過一段時間才來弄一些。」

「沒問題，你想幾時來弄就幾時來，這些藥材我完全留給你，你放心，人家就是出多少錢，我也不會賣，呵呵呵……」

老何一邊說著，一邊打趣地笑著，這些藥材，充其量也就值個幾萬塊而已，會有人出大錢來買，那真是做夢了。

周宣的保鏢這時過來，和老何周宣一起幫忙把藥材搬到後車箱中，裝不了的，老何又叫了一台小貨車來裝，然後親自陪著周宣送回到傅家別墅。反正老何也沒事，乾脆幫周宣一起把那些藥材種植起來。

直到把所有的事都做完後，老何又向周宣說明了一下粗淺的栽培道理。周宣點點頭應付著。

他根本就不在乎那些，把藥材種植以後，再灌注一些異能，估計明天就長得跟之前的千年老參程度相差不大了。

老何看看沒什麼事了，這才回去，周宣等老何走後，才給藥材灌注了異能，一株都沒漏下。

做完後，他閒著沒事，就又練習起讀心術來。

熟悉方法後，周宣當真是得心應手，對外面那些保鏢，以及過路的路人，一個個都試探著，想要讀哪個人的思想就能讀哪個人的思想，只要專注一下，他就能讀到那個人腦子裏面最深最隱秘的思維或者記憶。

能讀到別人的思維，這是周宣最需要的，卻不是為了來探測家人，這個讀心術最重要的作用，是為了提前探測有敵意的人，那樣更能保護家人和自己。

正欣喜間，手機響了，周宣看了看，顯示的號碼是自己不認識的陌生號碼，想了想，還是接了，一個清脆的女子聲音傳了過來。

「周……快來救我……我在……我在……」

聲音很急促，很緊張，周宣一聽就知道是羅婭，那個差點害了他的女子。

此時聽到她的聲音，他真有些不想理睬，但電話中，羅婭似乎在什麼巷道中，又探聽到附近有人朝她圍過來，有槍枝拉動保險的聲音，還有對手喝叫的聲音。

羅婭急急地跟周宣說了一遍地址後，電話中就傳來嘟嘟嘟的斷線聲了。

周宣實在是不想理她，但羅婭真的遇到了危險，他也不好不救援。想了想，還是起身出去，也沒有跟家裏其他人說明詳情，只說出去轉一轉。

保鏢們知道周宣比他們的身手更強，所以不需要他們的保護，也就沒有說什麼。

周宣走過一條街道，然後攔了一輛計程車，按了語言交流轉換器，跟司機說了那個地點，司機直接便開了過去。

到了目的地後，周宣看到這兒是一條人跡很少的小路，付了車錢下了車後，運起異能探測起來。

他一探測到羅婭的影像出現，立即追蹤起來，然後，就看到她被從三輛車上下來的七八個身手極強的大漢抓住，塞進車裏，然後往西的方向去了。

周宣鎖定那三輛車的蹤跡方向後，又乘了計程車跟蹤而去。

周宣一邊坐著車探測影像，一邊又給司機說著方向。也幸虧他有這個能力，否則要是換了另外一個人，沒有異能，就算接到了羅婭的電話，又怎麼有本事去找到她？

司機在周宣的指引下，繞來繞去地出了市區，一直到郊區，到了一間很偏僻的修車廠處，蹤跡才固定了。

周宣隔了三百米遠就下了車，讓司機走後，這才悄悄往修車廠走去。

在異能探測中，修車廠後面的建築很寬大，前面有五個黑人一個白人，六個人身材都很高大，而且都有槍，裏面修車廠的空間太長，甚至超過了四百米，長到周宣都探測不到。

聽了那些人的談話，周宣就明白，這些人是黑社會成員，是一個幫會的，對方人手很多，又有槍，連火力很強的AK步槍都有。

但羅婭並沒在前方。周宣立刻運起異能把他們的槍枝子彈弄壞，對他就造成不了威脅。

周宣接著又讀了這六個人思想。

在他們的腦子裏，他清楚地看到了羅婭的出現。這些人對羅婭很是垂涎，嘴裏說著髒話，直到周宣大模大樣出現在他們面前後，他們這才止住了話，相互瞧了一眼，然後緊盯著周宣，因爲不知道周宣是什麼來意，所以也沒有想出手的意思。

最前面的黑人首先開口，問道：「幹什麼？」

周宣淡淡一笑，說道：「叫你們的人把那個漂亮女子放出來，我就饒過你們！」

周宣這話說得雖然平淡，但話意中卻是無比的囂張，氣焰沖天，絲毫沒將他們六個大漢放在眼裏。

這六個黑白鬼佬個個都超過了一米九，其中兩個黑人又極肥壯，體重至少超過了一百五十公斤，而周宣單薄瘦弱，看起來又只有一米七，這麼弱小的一個人，是用不著他們六個人一起對付的，隨便哪個人都能將周宣輕易摁倒。

不過，他們此時卻都在懷疑地盯著周宣的身後，既然他這麼大膽囂張，那他可能是有所倚仗，否則就是送死。

既然有所倚仗，那就得考慮是什麼，要麼是有槍，要麼是有人，但槍，他們也都有，而且裏面還有數十個兄弟，個個都有槍，他一個人一把槍又有什麼用？唯一的可能就是有人了。

六個大漢當即都想到了這個問題，幾個人迅速分開來，兩個盯著周宣，四個人分散到前邊觀察。

修車廠的前邊是公路，沒有什麼住宅，一眼都能望出頭，四個人在門邊看了一陣，沒有發現有人，不禁奇怪起來，這個黃皮膚的亞洲人，怎麼會這麼大膽？難道他是瘋子？

四個人當即又回頭包圍過去，六個呈圓形圍住了周宣，當先的那兩個黑鬼伸出了粗手臂，上前就要把周宣抓起來。

周宣沒有運冰氣異能，也沒有用太陽烈焰，而是將身體硬化，用了怪魚所教授的能力，一拳朝抓他的一個黑鬼打去，這一拳打在了那黑鬼的右肩頭，「喀嚓」一聲，骨頭碎裂的聲音伴隨著那黑鬼飛騰的身子，「轟隆」一聲重重砸在牆上，只「哎喲」叫得一聲，就再沒力氣呼痛了，眼睛直翻白，顯見痛得暈了過去。

周宣這一拳，頓時把所有人都嚇了一大跳，包括周宣自己。

而另一個對他出手的黑鬼，此時狠狠地一拳打到了周宣臉上。因爲周宣並不會武術，所以身體並不敏捷，這一拳重重打到周宣臉上時，卻沒有見到周宣被打得偏頭，也沒有見到他牙齒被打落打飛的情形，反而是那個人抱手呼痛！

一拳頭狠打反而是把自己的拳骨全都打碎裂了，手背上全是鮮血，這一拳頭好像是打在了石頭上，甚至比那情形還要糟！

剩下的四個大漢全都「嗚哦」一聲，嘩啦一下就退了開去，兩個摸槍，兩個順手就操了長大的扳手，用來對付周宣。

周宣很興奮，怪魚教給他的能力很有用，只是不知道這能力能不能擋住子彈的攻擊。不過周宣還是不大敢測試，畢竟子彈不是鐵棍，即使是用刀砍，周宣也能放心些，還敢試一試，但對子彈他心懷恐懼，不敢輕易以身相試。

另外四個大漢提了大扳手，另兩個人拿了手槍出來，對著周宣逼近過去。周宣毫不在意，手槍已報廢，而那扳手，周宣正好用來試一試自己鋼鐵之身的能力。

拳頭之力是夠重了，剛剛那一拳，周宣還沒有盡全力，如果盡全力的話，只怕是只能打死人了。周宣現在又沒有個試金石，不知道自己的拳力到底有多重。

兩個持槍的大漢沒有先動手，想等那兩個拿扳手的大漢先上前攻擊一下，看看情況再說。

手槍在手，應該算是有保險了，雖然周宣的拳頭顯得很驚人的樣子。

兩個拿扳手的大漢相互一視，然後一左一右分兩邊，，猛力揮動扳手往周宣的左肩右肩砸去。

周宣毫不動彈，等待他們的扳手砸到，要是砸頭或者砸臉，還是要擋一擋的，不過肩膀的抗擊能力就很強了。

「叮噹」兩聲，鏗鏘的金鐵交擊之聲響起，那兩個大漢「哎喲」一聲喊，握著扳手的雙手給震得虎口裂了好幾道大口子，鮮血直流。

更驚人的是，他們兩個人的扳手整個變成彎形，扳手好像是泥做的一般，彎得不成樣子了。再看看周宣的肩膀，周宣像個無事人一般好端端站在那兒，甚至連臉上都沒有一絲傷痛的表情。

不只他們感到吃驚，就連周宣自己都有些吃驚，不過心裏明白，他的能力確實是真的，剛剛那兩個大漢的扳手重擊，至少有數百磅以上的力度，但重重打到他的身上後，周宣卻沒有什麼感覺，身體並沒有覺得受到多大的衝擊。

再看看那兩把彎了的大扳手，他就可以肯定，自己的能力，自己身體的堅硬度，實際上已經遠超了鋼鐵，甚至超過了這個世界上最堅硬的物質，說他是個鋼鐵人，實際上還低估了他。

這時，那兩個拿手槍的人呆怔了一下後，隨即醒悟過來，舉槍就毫不猶豫地朝周宣射擊，不過手槍裏沒有子彈射出，也沒有響聲。

周宣當即走上前，毫不客氣地一人一拳，將兩個大漢打得飛起撞跌在牆上，摔得七暈八素的，爬都爬不起來！

這時再看起來，受傷算輕的反而是那兩個雙手被震傷的大漢了，不過這時卻是連連直退，哪裡還敢靠近周宣。

周宣也不理會他們，不用問他們，因爲他們腦子裏的思想已經被他完全挖掘了出來，比他們自己說出來都還要清楚詳細得多。

第一六八章

黑面煞神

黑幫組織中的人最慣用的一招便是要脅，
此時，在羅婭那兒守著的幾個人都被周宣凍結住了，
根本就想不到周宣會在數十米之外就能控制他們。
此時的周宣便如黑面煞神一般，有著遇神殺神、遇魔殺魔的氣焰。

往裏面走了兩百米多米，周宣便見到十來個持刀持槍的大漢一字排開在等著他。

在他們身後三四十米遠的地方，羅婭被吊在三十多米高的樓臺上，下面的機關處還守著七八個人，個個眼露凶光，直盯著周宣。

周宣不由分說，立即運起異能，把守在機關旁的那幾個人凍結起來。

不過，沒有任何人發現，因爲周宣的異能凍結是無影無蹤、無聲無息的。

但前面對著他的十幾個人，周宣沒有凍結他們，因爲周宣想弄明白，他的身體究竟強到了什麼地步，如果剛剛連重力打擊的扳手都傷不了他，而且連扳手都給撞彎了，這種合金鋼製的扳手，只有用機床的大力才能弄彎，僅僅憑人力是沒有辦法弄彎的，所以周宣才想，他這樣的身體，能不能擋得了子彈呢？

對於子彈，周宣一直有種莫名的害怕，以前得到異能的時候，曾經轉化吞噬過一次，但子彈的衝擊力太強勁了，差點就把周宣給打死了。

後來，周宣能力更強後，也不敢去擋子彈，因爲他知道，憑他的能力，如果靠異能轉化吞噬子彈，最多只能阻擋三到四顆，子彈的衝擊力太強，手槍的子彈還好一些，而步槍的子彈穿透力更強，即使在周宣能力最強大的今天，他也不敢毫無顧忌地去擋子彈。

估計他也就只能轉化吞噬掉六七顆吧，要是子彈連發，或者攻擊的人數超過五六個，射出的子彈每秒超過七八發，那他就沒有辦法阻擋了。

但現在，周宣得到怪魚的指點後，練會了讀心術和鋼鐵之身，又經過幾次強烈的擊打過後，便想當真試一試與子彈對抗了。

那十幾個人對著周宣，長短槍一起噴射火焰，子彈便如下雨一般射向周宣。

周宣有心要試驗身體的強度，但又害怕眼睛被打傷打瞎，眼睛可不比別的地方，別的地方受傷了他可以治療，要是眼睛給射瞎了，可就後悔莫及了。

周宣趕緊伸出手遮擋住眼睛，接著就是「乒乒乒乒」、「叮叮噹噹」的一陣亂響，儘是子彈打擊在鋼鐵上面發出的聲音。

等到雜亂的槍聲停止後，眾人才睜大了眼睛，仔細盯著周宣，這才發現，周宣除了衣衫上儘是子彈洞孔以外，身上沒有一丁點的血液。更奇怪的是，他的身體四周一兩米處，儘是濺落的子彈頭！

周宣毫髮無損，身周全是濺射出去的子彈頭，這種詭異的情形，頓時讓幾十個在場的黑幫成員驚得目瞪口呆。

這幾十個人，是紐約紅髮幫的成員。

紐約黑幫是世界聞名的，黑幫幫派林立，組織森嚴，手段殘忍，與政府也有千絲萬縷的關係，因爲利益結構，說不清道不明。

紅髮幫在紐約雖然不算排名靠前的黑幫，但勢力也不算小，向來狠毒殘忍，殺人不眨眼，算是中等規模的組織，以販毒和組織國際販賣婦女為主。

這些人平時極為兇狠，從不知道畏懼是何物，現在，幾十個人面對一個人，竟然還感覺到害怕，實在是丟臉丟到家了。

此刻面對周宣，他們一個個都呆若木雞，要不是他們知道自己手中握著的都是真槍實彈，還以為這是在拍科幻電影呢。

十幾支AK47，火力是如此強勁，但子彈射擊在周宣身上，卻全部被反彈開來，彷彿他身上穿著厚厚的鋼鐵衣一般。

但若說他身上穿了防彈衣吧，可頭和手等暴露出肌膚的地方，肯定就不能避過子彈的攻擊了吧？但他們明明看得很清楚，周宣只是伸出手掌擋住了眼睛，以免子彈打在他眼睛上，手上和額頭都被子彈射中，但這麼多雙眼睛直盯著的情況下，那些子彈很明顯被反彈出一兩米外，沒有一顆子彈射進周宣皮膚中。

這些黑幫成員驚詫時，周宣自己亦是驚喜交集，這一試，果然非同凡響。身體的強度是這樣，那眼睛的強度，應該也是一樣的。因為他探測到，眼睛的分子結構和密度是一樣的，身體其他部位都能承受這種重擊，眼睛自然也是差不多的。

其中幾個人果真給嚇到了，發一聲喊，然後就極力往後跑。不過，還是有一些兇悍的，嘩嘩啦啦從牆邊的架子上抽出砍刀來，一窩蜂又向周宣衝過去。

因爲人多，周宣再詭異，也只有一個人，所以這些人並沒有特別害怕。周宣卻是興奮無比，身體的強硬度超出他的想像。見到這些黑幫分子握刀衝上來，以前他最害怕的子彈都傷不了他分毫，刀砍劍刺他就更不用擔心了。於是，赤手空拳就迎了上去，握著拳衝著朝他猛砍的人砸過去。

又是乒乒乓乓一陣亂響，人和斷刀四處亂飛，慘叫聲、刀斷折聲、骨折碎裂的聲音響個不停。

沒有幾分鐘，等周宣再停下來時，周圍已經沒有一個是站著的好人了，外國佬躺了一地，呼天喊地，沒有一個人能爬得起來。

黑幫組織中的人最慣用的一招便是要脅，此時，在羅婭那兒守著的幾個人都被周宣凍結住了，其他人也不知道，根本就想不到周宣會在數十米之外就能控制他們。

此時的周宣便如黑面煞神一般，有著遇神殺神、遇魔殺魔的氣焰。

到了這時，那些黑幫成員們才真的感到害怕了，但他們還不知道，自己一幫人幾乎全都在了周宣的控制之下。而周宣上前，一拳便把這些人打得筋斷骨折了。

其實，別看周宣打得凶狠，其實心裏還是有數的，打這些黑幫成員，他並沒有往致命的地方打，而是朝著手腳等要害部位打的。即使打傷了，傷很重，卻不會很快死人。

有些人返身準備要跑，周宣先是凍結了他們的腿，然後上前再一拳將他們打飛。一直打到吊著羅婭的地方，已經沒有人給他打了，遍地都是傷者，呻吟慘叫聲此起彼伏。

吊在半空的羅婭嘴和手腳都被膠帶給綁住了，看到周宣動手的情形，驚訝得不得了。以前她知道周宣有非凡的武力，卻沒想到會厲害得這麼離譜，那十幾支槍射出的子彈，便如蝗蟲一般，射擊在他身上卻又濺落開來，實在是不可思議，似乎他全身就是一塊鋼板一樣。

周宣看了看四周，再沒有一個人還好好站著，又抬頭看了看吊在半空中的羅婭，手一揚，異能立刻轉化吞噬了吊著她的繩索。

羅婭一聲驚呼，一下子從半空中跌落下來，周宣在下面一伸手，穩穩地接住了她的身子，然後順手放下地。

羅婭站在地上時，還直發呆。這一連串的動作讓她有些不知所措，剛剛還那麼驚險害怕的場景，轉眼間就完全逆轉了，現在她安全了，而這些紅髮幫的黑幫成員卻一個個受了重傷。

周宣再瞧了瞧羅婭，伸手將她手上的膠布撕開。得到自由後，羅婭也自己撕掉綁在腳上的膠布。

見羅婭行動自如了，周宣也不再瞧她，轉身大踏步往外走去，似乎這一切都與他無關一般。羅婭怔了怔，趕緊拔腿追上去，一邊追一邊叫道：

「周……等等我，等等我……」

周宣仍然不理會她，逕自走自己的。

羅婭使勁追了上去，和周宣並排時，才喘氣說道：

「周……謝謝你，可是你……你怎麼找到我的？」

周宣哪裡管她，要不是在電話中聽到她有危險，不忍心讓她落在壞人手中，這才來救她，要是她好好的，他才不願意來見她。

羅婭對剛才周宣如入無人之境的情形，看得一清二楚。周宣的煞氣讓她現在都還在害怕，其實她和她的同伴們也都是殺人不眨眼的特工，但不管他們怎麼凶狠，都無法跟現在的周宣相比。

今天這一幕，讓她覺得以前認識的那個周宣似乎起了很大的變化，變得她不認識了。

「周……你……你怎麼好像變了？」

周宣淡淡道：「不要再跟著我了，今天我救你，是希望你以後不要再來煩我。我也先跟你說清楚，即使你以後再聯繫我，我也不會再幫你了，如果你識趣的話，就不要再見我，就算以後在大街上碰到，也要裝做不認識我！」

羅婭一呆，要是在以前，有人敢這麼對她說話，她當即便會發作，但現在對周宣，她卻是半句話也不敢說。遲疑了一下，她已經落後了十數米遠，趕緊又追了上去。

周宣在修車廠的出口處隨便開了一輛停著的車，這些車都是修車廠裏那些黑幫成員的，在自己的地盤內，他們沒有什麼防範心理，所以周宣打開車門進去後，沒費什麼別的手腳。

羅婭想也不想便跟著進去了。周宣冷冷地盯了她一眼，本想趕她下車，但想了想，還是算了，羅婭此時還是驚魂未定的情形，開回市區後再說吧。

周宣開著車離開了修車廠，甚至沒有再回望一下這個地方，似乎這裏已經馬上就被他遺忘了。

在他的世界裏，這樣的小阻撓，只是很小很小的一個插曲，尤其是現在，他的能力竟然到了不可思議的地步，這是他以往都沒有想到的情形。

周宣一邊開車，一邊又在想著那條怪魚，此時牠所說的，他倒是真有些相信了。

這條怪魚的能力雖然不是他遇到的最強的一個對手，但牠懂得的卻是最多的，也許當真像牠說的一樣，牠和牠的父輩是在一億年前到達了地球，牠有一億年的歲數，只是為了要適應地球以前惡劣的生存環境而改變，也因為牠的外表體形而限制了牠的能力，這個說法還是能說得過去的。

到了市區後，周宣在一個路口停下了車，然後側頭瞧著羅婭，羅婭臉色一白，顫了聲說道：「周……以前的那件事，我向你道歉……」

周宣冷冷道：「無所謂，反正你也不是我朋友，更不是我的親人，無所謂傷害不傷害，以後我們也不要再見面了！」

羅婭頓時流下淚來，顫著聲道：

「周……對不起，我不是故意的，而且我也後悔了，你不原諒我也沒關係，我想跟你說的是，我……我已經離開了中情局，我現在是一個沒有職業的人，請你放心，我不會再來煩你！」

周宣一怔，羅婭離開中情局了？這讓他有些意外，而且羅婭說得十分悲戚，也讓他有些不忍。周宣本就是個吃軟不吃硬的人，容易動情，更有同情心，羅婭的處境，讓他有些改變了心意。

羅婭流著淚打開車門準備下車，周宣想了想，說道：

「等一下！」

羅婭停下身子，轉過身看著周宣，一張雪白的臉蛋滿是淚水，那麼憂傷，漂亮絕頂的容貌，很容易引起男人的同情心，周宣自然也不例外。

「你……」周宣猶豫了一下，然後說道，「你需要錢嗎？……有難處可以跟我說……」

羅婭搖搖頭道：「生活暫時沒有問題，只是我現在辭職不幹了後，一些以前我得罪過的人知道消息後，就找了些黑幫的成員來報復我，今天的紅髮幫就是。」

周宣皺了皺眉，這倒是個難事，這已不是拿錢就能解決的事情，而且他也沒有那個耐心。如果是報復她的人，那以後肯定還有同樣的事情發生，他救得了一時，也救不了一世，一時不知如何是好。

想了想，說道：「你……讓我再想一想……」

傅家的家境自然是不缺錢的，周宣想，反正傅家是要請保鏢請人手，羅婭的氣質身手都極強，見識也不差，不如把她請回去做管家，可以保護自己家人，同時又能保護她的安全，算是一舉兩得。

不過，有個極大的難題。周宣擔心的是，要是別的人，或者是個男人，他毫無顧忌地就會答應，但羅婭是個美麗絕頂的未婚女子，容貌與傅盈不相上下，把這樣的一個美麗尤物招納到家裏，家裏人會是什麼看法？傅盈會不會猜疑？

周宣很是猶豫。即使傅盈不反對，他也還要想想傅天來和傅玉海的意思，他們又怎麼會不替傅盈擔心和防備？

「你……先坐下，我打個電話！」周宣猶豫了一陣，讓羅婭坐上車來，然後拿起手機給傅盈撥了電話。

電話一通，傅盈輕柔的聲音就傳了過來：

「你在哪兒？要回家吃飯嗎？」

周宣沉吟著道：「盈盈，我有件事要跟你說，不知道你的意思怎麼樣……」

周宣說話時，用的是中文，所以羅婭聽不懂，不知道周宣在說什麼。

傅盈頓了一下，然後說道：

「你說吧，什麼事啊？我是你妻子，你不跟我說又跟誰說啊！」

周宣停了停才說道：「盈盈，我上次在家裏跟你們說過的一件事，就是那個羅婭……」

周宣一邊考慮著如何用合適的話說出來，一邊又在探測著傅盈的意思，猶豫地把羅婭的事情完完全全地說了出來。

其實，周宣只是擔心傅盈和家人的懷疑和猜忌，他與羅婭之間，可是半點私情都沒有，甚至沒有那樣的想法和念頭。如今，他只是同情羅婭的遭遇，雖說她傷害了自己，但自己明白，那並不是她的本意，而現在到了這種地步，雖然不是因爲他，但他終究是不忍心，如果自己不理她，羅婭肯定會有性命危險，而且他也不可能時時守著她，唯一能幫她的，就是把她留在身邊，但這樣又有些不方便，所以周宣左右爲難。

傅盈還真是沉吟了起來，過了半晌才說道：

「好吧，你把她帶回來吧。既然是你的意思，我怎麼能不幫你呢？周宣，你要知道，這一生一世，我都是跟你站在一起的！」

周宣頓時放心下來，又有些歉疚地道：

「盈盈，對不起，我知道你很爲難，但我現在也不知道有什麼辦法能幫忙羅婭。她隨時都有危險，我確實有些不忍心，想來想去，只有這一個辦法。家裏反正也缺少一個管家，不如讓她來做這個工作。但我很擔心你會多心，其實我一點都沒有別的念頭！」

傅盈「嗯」了一聲，低低地道：

「我知道，你做你的事吧，爺爺祖祖，爸媽這兒，我來跟他們說。放心吧，沒事的，只要是你和我說的事，他們從來就沒有反對過，不是嗎？」

周宣感激地說道：「盈盈，謝謝你！」

傅盈又囑咐了一下，然後催他趕緊回家，這才掛了電話。

周宣掛了電話後，想了想，才對羅婭說道：

「羅婭，我家裏正缺一個管家，你願不願意去做這個工作？」

羅婭一怔，隨即眼裏亮起了神采，破涕爲笑，當即連連點頭道：

「行行行，我願意我願意！」

她甚至半點都不關心周宣到底會給她多少薪酬的問題，提也沒提，就算周宣不給她錢，她也願意。

周宣自然也沒想到那個問題上去，對他來講，錢反而是最不值得關心的一個問題，只是羅婭雖然爽快答應了，周宣還是放不下心來。

這個女人太漂亮了，如果不是長得那麼漂亮，他反而好開口，帶一個太漂亮的女人回家，想不惹起家人的懷疑都難，好在傅盈答應了，要是由傅盈出面說這件事，那就容易多了。

周宣一邊開著車，一邊又對羅婭說著：

「我家裏的情況，你知道嗎？這個工作……」

還沒等到周宣說出來，羅婭就搶著道：

「我知道我知道，傅家的情況，世界上沒幾個人不知道的，幾天前在股市中以千億美金收購了全部的股份和另兩家大企業，傅家也一舉成爲世界首富，這樣的新聞，我當然知道了！」

事實上，羅婭確實知道傅家的情況，因爲之前還專門去調查周宣而找了更多的資料，所以對傅家的情形她很清楚，也知道傅家那個美麗絕頂的天之驕女傅盈對周宣一往情深。

當初她還想不明白，以傅盈那麼絕頂的美貌和無可匹敵的財產身家，爲什麼會去喜歡周宣這麼個普普通通的男人呢？現在，羅婭明白了，周宣心地善良，看似普通的外表下，卻隱藏著強大無比的身手，這個身手甚至是羅婭無法想像的！

在這段時間中，她竟然不知不覺地喜歡上了周宣。雖然周宣並不知道，但她確實喜歡上了周宣。

她喜歡周宣，並不是知道了他有超強的身手，而是周宣那種外剛內柔的心，即使她曾經那麼傷害過周宣，但到頭來，在她有生命危險的時候，周宣還是伸出援手，這讓她又感動又喜歡。所以，即使知道周宣結婚了，有孩子有家室，而且幸福美滿，她也無怨無悔地要跟著他。

周宣自然是不知道羅婭是這般想法，因爲他並沒有去探測讀取羅婭的思想。要是他知道羅婭竟然是因爲喜歡上他，才想到傅家的，那麼他絕對不會把她帶回家了。

周宣把車開到離唐人街還有一個街口的地方，便棄車而去。這輛盜來的黑幫車輛，他可不想開到自己家門口來招惹麻煩。

兩人一前一後往傅家的別墅行去。

周宣有意走在前邊，不跟羅婭並排走在一起。

到了別墅門口，門裏的保鏢一看到是周宣回來了，當即興奮地迎了出來，爲首的就是陳超。

幾個保鏢迎出來後，忽然見到周宣背後跟著一個千嬌百媚的羅婭，在她絕頂美麗的容光下，幾個保鏢都呆住了。

周宣很是尷尬，不過這也難怪，見到如此漂亮的女人，男人們有這樣的表情也不奇怪，怪只怪羅婭太漂亮了。

本來，傅盈的美麗也不在羅婭之下，但是她們兩個卻是兩種不同的類型，傅盈是端莊沉靜型，而羅婭卻是媚惑嬌豔型，當然她並不是那樣的性格，但她外表的樣子給人這樣的感覺。

羅婭開心地向眾人打起了招呼，又自我介紹了一下，大方地說自己即將成爲傅家的管家，希望他們以後多多關照。陳超等人當即嘻嘻哈哈隨聲附和著，對於家中新來了一個美艷的管家都覺得興奮不已。

把羅婭帶到客廳以後，周宣當即硬著頭皮對傅天來說：「爺爺，這就是……羅婭小姐……」

傅天來點點頭，瞧了瞧羅婭。

羅婭很乖巧地趕緊說道：「傅先生，我是羅婭，希望能獲得傅先生的首肯，我真的很需要這份工作，也會努力做好這份工作的！」

傅天來沉吟了一下，便說道：

「嗯，只要是周宣和盈盈決定並同意了的事，我都不會反對，但我希望你以後謹記自己的本分，要清楚你是幹什麼的，不要越過線，這就是我的要求！」

面對傅天來如炬的目光，羅婭頓時明白了他的意思，就是因爲看到她如此的美貌和漂亮，所以有些不放心，這是先警告她的意思，要她記住自己的身分。

羅婭又一一請周宣介紹認識了傅家的所有人，依次是傅玉海、周蒼松、金秀梅，最後才是傅盈。

看到抱著粉嘟嘟漂亮無比的小思思的傅盈，母女倆都是同樣的漂亮，就連一向對自己相貌自信的羅婭，在看到傅盈時，也不禁嘆服嫉妒起來，這個女子，確實是漂亮得讓她都沒有自信了。

雖然以前在報紙及新聞上看到過傅盈，但遠比不上親眼看到真人相貌，周宣坐在一旁，很是知趣地一句話不說。

傅天來給羅婭介紹了一下家裏的情況，以及每天要管理和處理的一些家務事，讓羅婭明白她要做的事，最後讓王嫂帶她到家裏到處看一看，熟悉一下環境。

王嫂先幫羅婭安排了一個房間，然後向羅婭介紹起來。羅婭以後如果是傅家的管家，那也算是她的上司。

管家管的其實就是傅家一家人的生活瑣事，包括衣食住行無論大小各種事。因而羅婭第一件事情，便是隨同王嫂和兩名保鏢開了車到超市購物，買些家庭必需品。

等羅婭一走，周宣便到院子裏去看那些藥材。

他先取了一株長大的人參，然後洗淨了拿到客廳裏，又撕成一條條的小鬚，扔進池子中後，便用腦波對那怪魚說道：

「開飯了，大補人參現在的量，至少可以夠你吃三個月的了。」

那怪魚其實不用周宣叫，早已經游到水池上，一邊吃，一邊傳出訊息：

「今天看你的樣子很興奮，是不是試用了你的鋼鐵身體和讀心術？」

「確實是試過了，我身體的硬度已經遠超過了鋼鐵的硬度，子彈打在我身上，連一點感覺都沒有！」周宣點點頭回答著，「我開始相信你的話了，不管怎麼樣，我還是感謝你對我的指導。你叫什麼名字？我想有個稱呼才好，老是你你我我的不方便。」

那怪魚道：「我沒有名字，如果你一定要稱呼的話，不如就叫我怪魚吧，反正你也是這麼想的，不是嗎？」

周宣嘿嘿一笑，這怪魚倒也有些幽默，當即又說道：「怪魚？呵呵，好，以後我就叫你怪魚，今天又有什麼絕活兒教我？」

那怪魚也笑道：「你倒是會取巧，給我一點吃的就要報酬。也罷，反正我答應過你，教便教吧！先說說，你想要什麼樣的能力？我看看有沒有那方面的能力可以交給你！」

周宣嘿嘿笑道：「我想要的嗎，嘿嘿，超高速的飛行，能切割一切的光線，上天入地，無所不能，你能教麼？」

周宣的話語中有些嘲意，如果按自己所想，那確實有很多想要的能力，尤其是飛行。

小時候，周宣看到鳥類在天空中飛翔的時候，心裏就很羡慕鳥兒，希望自己也能在藍天中盡情飛行，不過那時覺得這只不過是幻想而已。

自從有了異能後，周宣的能力一次次到達一個又一個的高點，卻從沒有想過有一天能夠飛翔，在心裏，他始終也認爲，飛翔對於人類而言，是不可能達到的程度。

但現在聽那怪魚的說法，似乎人類想要飛行也不是不可能的事，不禁有些好笑，不知這是真還是假。

那怪魚笑笑又道：「飛行麼？嘿嘿，這個難度極大。當然，有一天也許你能飛上天空去，但我還沒吃夠呢，所以今天，先教你另外一招吧，讓你學會從眼中射出能毀滅一切的光線吧。」

這個也行。周宣笑了笑，用眼睛發出紅色的射線，這也是超能力的一種吧。

「其實你本身的能力已經很強了，只是你不懂如何運用，一般有異能的人，能力的增強是需要慢慢修煉的，而你卻不同，我發現你竟然可以直接從太陽光中獲得能量，這已經遠超過一般的異能了。

而且，你身上有兩種極度相反的能力，一冷一熱，冷能冷到極點，熱也同樣能熱到極點。你那冷的能力來源，與我本身所擁有的唯一能力有些相似，但你又擁有另外一種能力，那就是太陽光的超級熱能，我感覺你能達到極高的溫度，似乎與地底中的熔漿相似，這個能量，你只要弄懂一些運用方法，就可以得到更強的超能力了！」

周宣若有所思起來，按照怪魚所說的，他本身的能力已經很強了，這不用怪魚說，周宣自己也知道，之前他有好幾種能力便是無意中練習得到的，他知道自己有可能還能擁有很多種能力，但得花很多心思去測試練習。

「人的視線其實就是光速，只是人的視力看不到那麼遠，但速度卻是人能達到最快的能力，遠超聲音的速度，你只要把太陽烈焰的高溫能力凝聚到眼中，再附帶在眼神視線上，眼睛就能運用太陽烈焰的能力了。

其實，你無形中運出去的異能也是這樣，不過，你探測的能力應該只有四百米左右，無法達到更遠的地方，這實際上已經到了一個極限，你想要再進一步，實是千難萬難。不過，你要是把異能灌注入眼神中，用眼神射出去，那你的視線能有多遠，那太陽烈焰就能射多遠，當然，距離越遠，威力就越弱了。」

周宣一怔，想了想，說道：「當真？」說著，就運起了太陽烈焰的能力，慢慢凝聚運到眼睛中，然後再瞧了瞧面前，依照怪魚所說的法子，將太陽烈焰的能量隨著眼光透出來，第一下，周宣知道，能量並沒有隨著他的眼光射出來。

看來這能力也不是那麼好練的，不過，周宣並不氣餒，反正有的是時間，也沒別的事，慢慢練習吧。

那怪魚沒有再說話，練什麼都是師傅引進門，修行在個人，練不練得成，練不練得出，那就看周宣自己的造化了。

第一六九章

飛行動力

龐大的能量從腳底湧泉穴急劇的噴射而出，周宣這一下力道運得極猛，
能量一下子從湧泉穴中噴射出來，腳底下立時產生巨大的動力，
那股爆發力一下子把周宣噴射到半空中，直飛起了十數米高。

周宣雖不免有些懷疑怪魚所說的真實性，但之前由於牠的傳授，使自己練成了鋼鐵身體和讀心術，所以還是相信牠說的話是有可能達成的，只是這一切都還需要再印證。

周宣閉了眼，然後又聚氣至眼，然後再睜開眼，逼氣焰隨著視線射出。不過，這樣練習了一連十幾次，都沒有試驗成功，但異能在周宣身體裏似乎突然變得像有形物質一樣了。

再試一次！

周宣再次凝神靜氣，異能隨著眼神一瞪，嗖地便射出了，不過不是很強勁，太陽烈焰的高溫一閃即逝，把地上的地磚燒穿了一個小手指一般的洞孔。

周宣一喜，當即凝神轉身，瞧了瞧傅盈等人，她和其他家人們都沒有發現自己的異常，他這陣子都在撕著人參給怪魚餵食，雖然表情笑嘻嘻的有些奇怪，但大家也沒有多想。

周宣當即走出客廳到院子去，這時天上太陽還很猛烈，家人們在這個時候都不會到院子裏來，所以周宣更覺方便，強烈的太陽光射到身上後，便被直接吸收，又直接轉化成了太陽烈焰的能量。

周宣再閉了眼，慢慢醞釀起太陽烈焰的異能，然後凝聚到眼中，再睜眼一看，太陽烈焰的能量隨著視線射出，「嗖」地一下，頓時便將院子裏的地面燒穿一個極深的洞口。

洞口的面積並不大，只有大拇指般大，但深度極深，太陽烈焰的高溫把地面上的泥土石塊都熔化了，大拇指般大的洞口深達十數米，這還是因為周宣的眼力到後來變弱了，不太懂得運用，手法不熟，如果以周宣的全力來論，那至少能熔到數百米甚至數千米遠的深度。因爲一個人的視線能達到數千米的距離，如果是望著天空，就能達到更遠。

周宣又慢慢試驗著，終於摸到訣竅，一遍又一遍地試著。

先是拿院子中近距離的地方測試，練到更熟的時候，才拿到更遠些的地方測試。院子數百米外是高樓大廈，周宣選了一個點來測試。

在自己家的院子裏，別人又看不到，也不會注意他，因爲視線是無形的，他的太陽烈焰從眼中射出後也是無形的，效力只有到目的地的最終點才會爆發出來。

周宣選擇的是四百米開外的一個點，這個距離剛好超過了他異能能達到的地方。

視線一到，那個點當即被燒穿了一個洞，而這時，周宣已練得十分熟悉了，視線射出後，異能也隨著視線運出，以他的意念爲準，只要他的意念沒有停止，那太陽烈焰的能量便沒有消失，隨著視線繼續，所以那個點燒熔掉的洞口也還在繼續。

周宣選擇的是大廈頂樓的一個點，即使被太陽烈焰的能量燒穿後，背後也是更遠更高的地方，不會傷到大廈裏的人。

周宣然後又選了一個更遠的點，這個點估計超過了一千米，若不是他有異能，眼力也看不清楚這麼遠的距離，仔細看了看後，太陽烈焰的能力隨著視線射出，一千米外的那個點也隨即被燃燒開了一個小洞。

事實證明，怪魚教給他的是真的，現在，他的視線能看多遠，異能就能傳到多遠。

周宣欣喜了一陣，又隨心所欲試驗了一陣，把能量伴隨著眼光，看到哪兒毀到哪兒。隨著眼神所掠處，太陽烈焰就能射到了那裏。

想了一陣，周宣忽然又想到，他的視線既然能包含太陽烈焰的能量，爲什麼就不能試試冰氣異能呢？這道理應該是一樣的，只是射出去的能量不一樣罷了。

周宣想到便即試行，當即運起冰氣異能，然後用同樣的方法把冰氣異能伴隨著視線運出。

果然，在他看到的點處，立即凝結出一點白白的冰點，在太陽光的照射下，發出一點點的白光。

周宣哈哈一笑，那怪魚之所以不告訴他這個訣竅，恐怕是等著吃完他的靈藥才準備告訴他吧？想揀便宜？嘿嘿，可沒有那麼容易。

有了冰氣異能隨著視線射出，周宣心想，這可是好事，太陽烈焰厲害是厲害，不過就是太厲害了，沒有回緩的餘地，碰到人就會損傷，無堅不催，無堅不化，太過殘忍，而冰氣異能就好得多了。

冰氣異能可以只將人凍結住，而不會把人弄殘弄死，緩和得多了。

周宣又在院子中試驗運行了一個小時，到最後非常熟練了，想射出太陽烈焰就射烈焰，想射冰氣就射冰氣，甚至可以一左一右交叉著使用，同時將兩種異能分左右眼射出，練出了新能力出來。

傅盈到院子裏來叫周宣吃午餐。周宣進屋洗了手，然後到餐廳裏吃了飯，再到客廳裏，客廳裏就只有他一個人。

那怪魚又游上來，看著周宣好一陣子，然後才嘆道：

「唉，你還是把冰凍的異能也練成了，雙眼能熱能凍，這原本也是難不住你的，本來想多吃你一條人參才告訴你的，唉，沒想到你舉一反三，學一個懂三個……」

周宣嘿嘿一笑，隨手從衣袋裏取了一支人參出來，笑道：「不用擔心，就算我已經懂了，練會了，我還是會給你人參吃的！」

說著，一點一點把人參撕碎了扔到池子中。

那怪魚竄起來把人參吃了，然後才道：「你倒是個守信之人，並不投機取巧，我很欣賞你這一點，呵呵，那我就不客氣了！」

一共吃了兩條人參，那怪魚朝周宣擺了擺頭，又說道：「我得消化消化這些藥力，你自便吧！」傳完訊息，那怪魚便又潛回水底，然後一動不動的休息。

周宣知道牠是在消化修煉，也知道牠的習性，牠平時都是這樣，心情好時就跟他多說兩句，心情不好時，就潛到水底不再動彈。

看來怪魚今天不大可能會再傳授他什麼別的能力了，還是自己練習練習，別管牠了。

周宣回到自己的房間後，在窗邊凝望著遠處，忍不住又測試了一下，冰氣異能與太陽烈焰的能力此時在周宣體內當真是隨心所欲，得心應手了。

周宣把視線投到大約六公里外的那棟市區最高的建築物的鐵塔上，冰氣異能隨之運出。因爲太遠，最好還是不要使用太陽烈焰，因爲隔得太遠，看不清楚，恐怕誤傷到路人，要是只使用冰氣異能，對人的傷害性就小多了，就算不小心誤傷到人也不怕。

異能運行試驗了很久後，周宣忽然想，異能隨著眼光能到這麼遠，那爲什麼眼睛的視線不能隨著異能而進化呢？

平時，五識包括耳目眼呼吸感覺等等，都因爲異能的增進而要比以前強很多，但始終都沒有到達一種不可思議的地步，與他自身的異能並不能成爲正比。

周宣再把異能運起，運轉了幾遍，待到覺得到了最佳的狀態後，這才運到眼中。

再看出去，陡然間，眼睛一亮，眼隨心動，如光如電，這一下，竟然看到了紐約城最遠的郊區邊上，那裏被一座山擋住了，這個距離，至少有五十公里遠，如同是拿了超高倍的望遠鏡一般，數十公里外的景物都清楚映到了眼睛中。

周宣欣喜異常，四下裏看著遠處的風景，運轉自如。

周宣清楚地看著這市區裏的高樓大廈，有些大廈的樓房玻璃窗雖然反光，但依然阻擋不了他的眼光。房間裏面的人，不僅僅動作他看得清楚，甚至連表情都看得一清二楚，這可比望遠鏡還好用，望遠鏡可看不了反光的東西，而他的眼睛則不避光。

說起來，周宣的異能其實比那些異能人的絕大部分功能都要強大，光是轉化吞噬的功能就讓那些異能人無法相比擬，而轉化黃金的功能，更是任何異能人都不能想像的，這可是天底下最有價值的一個異能了吧！

周宣又把異能運到眼中，然後左右看著，屋中所有的物質他都能透視，人體，木質，鋼鐵物質，所有的一切，他都能透視過去，這可比超人的眼睛更強！超人的眼睛還不能透視含鉛的物質，而鉛對周宣卻沒有防礙，照樣透視。

周宣估計著，這麼下去，可能他都可以透視外星物質了吧？

以前異能就是探測不了外星物質，不過最近異能大有進步，以前異能探測不了含有外星物質的東西，也轉化吞噬不了，但現在，他卻可以用太陽烈焰將很遠方的物質熔化掉，依此類推，就算是遇到外星人，周宣是不是也可以用太陽烈焰與對方PK了？

本來，探測一切地球事物，周宣就已經具有了那個能力，而現在，他眼睛的遠視透視等功能與異能探測的情況相差不大，異能探測不能及遠，超過四百米就是極限了，但眼睛看到的，同樣可以把太陽烈焰和冰氣異能施展出來，而且可以隨著眼光看到極遠處，只要能看到的，異能就能達到。

耳力同樣也是一樣，周宣把異能運起後，按照眼睛使用的方法運用，耳朵裏當即聽到了無數嘈雜之極的聲音，差點把腦袋都震糊塗了，趕緊退出了異能。

這一下子，似乎是把全城的聲音都收到了耳朵裏，嘈雜而繁多，根本就受不了，哪怕就那麼一下，周宣都有一種腦袋快炸開了的感覺。看來得慢慢適應。再說，周宣也不想要聽到那麼多，聽力夠用就好。

他覺得聽力的應用遠不及眼力的運用，眼睛能運用異能，那就把周宣又推到了另一個無法想像的高度。

可以說，周宣能在幾十里外把人凍結，或者是以太陽烈焰的能力熔化掉。

要知道，現在最強的狙擊步槍能達到的距離也只有五千米，那還是要最強的狙擊手來使用，大部分頂尖的狙擊手，能實施射殺範圍也只有三千米左右，周宣現在的眼力能將異能運到他們數十倍的距離，這就沒有一個人能想像了。

現在，要是周宣想去做殺手，或者想對仇人動手，可就真能做到無形無跡了。他能在數十公里以外就把你暗暗幹掉，甚至是把你完全轉化吞噬掉，連一點殘渣都不留，就連最厲害的探案專家也沒辦法查出來。

周宣還在感嘆著自己的異能進化到這個程度時，傅盈抱著小思思來叫他吃飯了。吃過晚飯後，周宣又回到客廳裏。

怪魚一看到周宣，又驚訝起來：「你……你的變化也實在太大了，說你舉一反三都算是差了，你……」

怪魚嘆起氣來，又傳訊息道：「看來，以後想跟你拿能力來交換都辦不到了，我教你一樣能力，你就會了三樣，我還怎麼教啊？只怕教不到你幾樣，你就全會了，以後我哪裡還有得吃？」

周宣笑道：「不用擔心，我不會把你甩開的，不論你教給我幾樣，我都會長期供應你食物，不需要你再拿絕技來交換了！」

聽到周宣這麼說，那怪魚又嘆氣了起來，「唉，總是很失落的感覺，你的能力當真是超出了我的想像，雖然比起我們原本的能力相差還很大，但以地球人的能力來講，你已經算是破天荒的第一個人了！」

這倒是真的，就是有些外星人的能力也強不過周宣。

周宣身體裏的能力，怪魚也弄不明白，雖說以怪魚所知，周宣是目前他所見過的最強的一個，但事實上也如牠自己所說，牠是因爲身體所限的原因，沒辦法再達到以前其本體所擁有的能力，那些能力，只能成爲牠腦子中的記憶了。

周宣笑笑道：「最強麼，呵呵，有朝一日，如果我能像超人一樣在天上飛翔時，那應該才是最強的了吧？」

「飛翔？嘿嘿嘿……」怪魚嘿嘿笑著，「飛翔跟在陸地上可是兩個概念了，你可以這樣想吧，一輛汽車和一架飛機，同樣都是機械化的物體，在陸地上行動的動力與在空中飛行的動力相差又何止十倍了？如果一個人要以異能在天空中飛翔的話，那需要的能量必需是在陸地上的數十倍以上。想想看，你現在以最大的能量全力運行的話，能支持多久？」

周宣心中一動，頓時明白了怪魚話中的意思，要飛翔的能力並不是不可能，但關鍵是，自己的能力是否有那麼大，是否能持續，這才是重點。

看來，他如果真想要飛上天的話，就得把吸收能量的速度加快加劇。

一想到這一點，周宣又想起自己能直接吸收太陽光能量的起因來，那是吸收了一顆九星珠的能量，然後才有了這個能力。

九顆九星珠，已被他用了一顆，現在還剩下八顆，來紐約的時候，他也裝入行李箱帶了過來。

這八顆九星珠，一般人如果拿去也沒有用處，即使砸碎也得不到九星珠的功能，但周宣就不同了。不過，周宣以前是這麼想的，如果把九星珠砸碎了，再得到的還是跟以前一樣的功能，那就未免太可惜了。他已經擁有了吸收太陽能的能力，再吸收也沒有多大的用處。

但現在，周宣忽然間心動起來，那九顆九星珠，還好他沒有毀掉，而是把它們保存了下來，說不定現在當真就有了大作用！

一想到這個，周宣便對怪魚說道：「你還要吃人參嗎？要我再拿一條給你吧？放心，不用拿能力來交換，只要你想吃，我隨時都可以給你！」

怪魚搖搖頭，什麼話也不說，沉下水底，到角落中養神去了，似乎現在對食物也不感興趣了。

周宣淡淡一笑，隨即到樓上的房間裏，把那八顆九星珠從箱子裏取了出來，然後到樓頂上的天臺。

太陽光射在身上，很是舒服，熱量直接從皮膚上被吸收轉化成了能量。

他把八顆九星珠拿了出來，爲了防備不能再重新得到並吸收它的能量，周宣最開始只打碎了一顆，然後握在手心中，把異能運起到手心中，再一吸收。

在這一刻，周宣便感覺到，太陽烈焰的異能興奮起來，太陽光能量的吸收量忽然間大了一倍，源源不斷的太陽能轉化爲能量湧流進身體中，在身體裏暢遊，舒服到了極點。

周宣立時興奮起來，看來他吸收了九星珠的能量後，吸收太陽光能的速度和量度都增加了一倍，要是再把剩餘的七顆吸收了，那就能再增加七倍的能力，以原來吸收太陽能的九倍量，不知道那些能量夠不夠飛行了？

周宣只覺得身體吸收的太陽能極其宏大，把身體都脹得有些難受，要是再吸收九星珠的能量，只怕身體會承受不住九星珠大量吸收太陽光的量度，就跟水缸一樣，要是裝滿了，就會爆出來。

身體中有了那麼大量的盈餘能量，周宣便琢磨起來，如果飛行的話，需要怎麼樣的方法才行？

若要飛行的話，首先要擺脫地球上萬有引力的定律，其次是，一切飛行器或者可以飛行的動物，牠們都有各自的特點，飛行器是靠強勁的發動機推動機器，產生動力，速度達到一定程度後，就會產生浮力，進而把飛行器推上天空。

從理論上講，發動機的能量越大，推動的力量越大，飛行的速度就越快。而那些能飛行的動物，卻是靠翅膀。

動物的飛行跟飛行器有一定的相似，但絕大部分卻是不同的，動物的飛行速度是不可能達到飛行器的速度的。當飛行速度超過音速後，在空氣中所遇到的阻力就越大，當速度達到某個點時，物體在空氣中高速穿梭時，就會因爲摩擦而引起燃燒，這就要保證飛行器的耐熱和耐摩擦度。

目前來講，地球上的飛行器能承受的最快速度，爲超音速的九倍，再快的話，飛行器對於高溫和摩擦力的承受度就是一個不能解決的問題了。

周宣對航空飛行器的常識其實是一竅不通的，但經常看到火箭以及戰鬥機飛行時的情形。那發動機尾部的尾氣孔噴射火光的情形，他至今記憶猶新，想起來，就可能是要有動力產生了。

推動飛行器時，自己身體中的能量超過了以往的任何時候，要是能把能量以某種方式向腳底部噴泄出來，說不定就能產生動力了，能飛上天，也許就不是一個夢想了。

周宣曾聽怪魚剛剛說了這些話，對飛行的能力，怪魚並沒有說他不行，也沒有說他行，只是說飛行所需要的動力是很龐大的，從這一點上猜測，周宣便覺得有可能，就看他怎麼理解了。

在天臺上，太陽能依舊在源源不斷地湧入周宣的身體，感覺到能量爆脹，周宣便想著，怎麼樣才把能量從腳底以噴射的形式轉化出來，再變成動力。

周宣試了一會兒，把異能運出體外，是無形的勁力，卻無法推動身體，形成發動機一般的動力。想了想，他把勁道運到腳底下，腳底上是湧泉穴，兩個穴道就好比飛機尾部的煙筒噴射口。

把龐大的能量從腳底湧泉穴急劇的噴射而出，周宣這一下力道運得極猛，能量一下子從湧泉穴中噴射出，在腳底下立時產生了巨大的動力，那股爆發力一下子把周宣噴射到半空中，直飛起了十數米高。

周宣還來不及高興，便一個倒栽蔥跌了下來，因爲飛上天時不是直線，落下時已經偏了，跌落的位置是在院子中。

周宣低低一聲驚呼，便如一塊石頭般從數十米高的半空中重重砸在院子裏，「轟隆」一聲，把院子裏的地都砸出了一個尺餘深的坑來！

好在周宣的身體堅硬過鋼鐵，身體沒事，爬起來拍了拍身上的灰塵，然後左右看看，還好沒有人發現。

不過，保鏢們和傅盈等家人聽到院子裏的響聲，急急地都跑了過來，看到周宣有些狼狽的樣子，不知道發生了什麼事。

周宣訕訕地道：「我剛剛練了功，沒想到把地搞成了這個樣子，嘿嘿！」

這個坑，完全就是一個人形的樣子，眾保鏢都大眼瞪小眼的，這是用身體砸出來的坑嗎？

陳超等保鏢知道周宣的武力驚人，雖然吃驚，但也沒有多說什麼，見沒有事，便都散去了，周宣那麼強的武力，做出些什麼奇怪的舉動，也沒有什麼值得驚訝的。

周宣這時覺得身體中空蕩蕩的，剛剛那一下噴射異能飛上天，雖然沒有飛多高，但所使用的異能卻比任何時候都要大，哪怕只一下子，也把他身體中龐大的異能消耗了個乾淨！

好在，太陽能又及時地源源不斷地補充進來。

周宣想了想，只有再加幾顆九星珠吸收能量後，才有可能供應上飛行所需要的能量消耗。

剛剛那一下所消耗的能量給他的悸動實在是太大了，以他現在吸收太陽能量的速度，是絕對不可能供應得上的，即使把九顆九星珠全部吸收了，以現在九倍的能量吸收，那也不能提供他長時間的飛行。

飛行的能量消耗太大了，估計應該要目前數十倍以上的吸收太陽能的能力，才能供應得上飛行所需要的能量。

可是……周宣想了想，剛剛試飛的結果，讓他不敢再在家裏試驗了，要是再試驗的話，又沒有辦法控制飛行的方向，要是飛到外面的那些高樓大廈上面再掉下來，砸壞路面倒是小事，引起路人震驚，暴露了自己的行蹤或砸到人，就是大事了。

想了想，周宣還是忍了下來，回到客廳裏，然後對傅盈和傅天來悄悄說道：

「爺爺，盈盈，我明天想出海一趟，你們能不能陪我？」

傅天來和傅盈都笑了起來，只是點頭。

傅天來說道：「當然可以啊，我們又不是沒有出去過，不是開遊艇都去過兩次了嗎？只要你喜歡，我們明天就開最大的那艘遊艇出去，全家人都去樂一樂！」

傅盈自然也是同樣的想法。不過她有些奇怪，如果只是出去玩的話，周宣又怎麼會特別來求她？像這樣的小事，直接說就行了，根本就用不著懇求，一家人在一起出去玩，又有什麼好不願意的？

周宣低聲道：「爺爺，我不是要很多人去，我有事情要辦，最好不讓別人知道，所以我才想，只要爺爺和盈盈兩個人陪我去就好，連開船的司機都不要，我們自己開！」

兩人這才明白了周宣的意思，傅天來趕緊道：

「行行，沒問題，我開遊艇可是熟手，我還操作過直升機呢，有空的話，帶你去體驗一下飛到天空中的感覺，好不好？那才真夠刺激，尤其是自己親手開飛機的時候！」

周宣呵呵一笑，心想：我就是要飛到天上去，已經不用傅天來邀請了。

傅盈明白，周宣肯定是有什麼秘密的事要做，也有可能與他的異能有關吧，否則不會做這樣的舉動，當即點了點頭，然後說道：

「好，那今晚就早點休息吧，我去跟媽說一下，明天讓她和羅婭、王嫂一起在家裏帶思思和思周兄妹兩個！」

周宣應了一聲，然後回屋裡去準備，還剩有七顆九星珠是要帶去的，看看還要準備些別的什麼東西。

傅盈從浴室出來，一邊用毛巾擦著濕濕的頭髮，一邊問道：

「周宣，明天你是要做什麼事啊？」

雖然有些猜到，但傅盈也不能肯定，因爲周宣如果是爲了異能的事，那麼在家裏同樣可以進行，以前又不是沒這樣做過，異能是無形無影的，也不會有人知道或看到。

周宣逗弄著小思思，對傅盈說道：

「盈盈，你想沒想過，如果我能飛，你是什麼感覺？」

傅盈一怔，很是詫異，如果周宣說他有什麼別的能力，哪怕是把糞土變成黃金，她都相信，但說到要能飛，她倒真是有些奇怪了，因爲她知道，周宣的異能大致上是朝著某個方向前進著。

其實，周宣的異能中，那堅硬過鋼鐵的身體是剛剛才得到的能力，傅盈還不知道。當然，周宣有很多能力傅盈都不知道，倒不是周宣要瞞她，而是覺得傅盈反正知道他有異能就好，說與不說，都沒有什麼差別。

「你……真的能飛嗎？」傅盈怔了怔後，然後奇怪地問道，「你是跟我開玩笑的吧？」

周宣搖了搖頭，定定神道：「盈盈，是真的。我今天在天臺上試過了，飛是真的能飛，不過異能存量不夠，供應不上飛行所需要損耗的額度，飛了十幾米高就掉了下來，結果從樓頂的空中摔到了院子裏……」

傅盈頓時大驚失色，趕緊上前抓著周宣的手四下裏打量著。

下午在院子裏，傅盈和家人，包括那些保鏢都聽到了那一聲巨響，跑到院子裏看到了那個深坑，當時給周宣的解釋騙過了，還真以爲他是在練什麼功夫。

現在傅盈聽到周宣說是從樓頂上的空中摔落下來的，當真是嚇得大驚失色，家裏樓頂的高度就超過了二十米，從這麼高的地方摔落下來，可是會摔死的，而且傅盈知道，周宣雖然有異能，但身體並不強健，所以才會如此害怕，趕緊仔細察看他有沒有受傷。

周宣笑著把她的手捉住，說道：

「沒事，盈盈，我的異能現在增強了許多，我還沒有告訴你，我現在的身體分子密度品質都進化了，比鋼鐵還要堅硬，甚至硬度超過金剛石數十倍，我曾讓子彈射擊試驗過，沒有子彈能傷得了我，估計我身體耐高溫的程度也是金剛石的數十倍，所以沒有什麼能傷得了我，你不用擔心！」

傅盈聽得瞠目結舌，說實話，周宣之前大致上有些什麼能力，她都是知道的，但現在竟然厲害到這樣的程度，她還真的無法想像，又聽周宣說他可能會飛行，簡直驚得有些不知所措了！

過了好一陣子，傅盈才說道：

「周宣，你都有些讓我看不透了！」

周宣一手抱著女兒，一手摟著妻子，笑道：「盈盈，怎麼看我都是你老公，你都是我最愛的妻子！」

傅盈惱道：「哼，那你把那個如花似玉的羅婭弄回來，有想著我是你的妻子嗎？」

周宣頓時尷尬地笑了笑，說道：

「盈盈，別生氣了，我知道你是佯怒的，你要是反對的話，當時就不會同意了。要不是你點頭，爺爺又怎麼會輕易同意呢？總之，我很感激你。對羅婭，我發誓，真的沒有什麼，只是看她受到生命危險，我想幫她一下，所以才想到這個辦法。她只有在我們家中，處在我的視線中，我才能保護她，只要以後她沒有危險了，我會想法把她送走的！」

傅盈給周宣氣得沒辦法，哼道：

「你就只會欺負我，弄這麼個尤物回來，別人會怎麼想我？會怎麼想你？我保證，他們肯定是認爲你找了個小三回來，你信不信？」

周宣訕訕地笑了起來，摟著傅盈，低頭便往她的紅唇上狠狠吻了過去。

傅盈惱怒地掙扎著，但周宣毫不放鬆，漸漸的，沒幾秒鐘，傅盈便徹底癱軟了，不僅任由周宣輕薄，反而情動地伸手摟了過去。

周宣把小思思輕輕地放到大床的邊上，兩人頓時沉浸在激情之中。

第一七〇章

雙拳難敵四手

傅天來想，如果到時買下一個小島，就需要這樣的一批人，
所謂雙拳難敵四手，周宣再厲害，也只能應付一處，
他又沒有分身，不可能同時應付多處危險的發生。
多雇用些人，對傅家人的安危才能萬無一失。

第二天一早，一家人吃了早餐後，傅盈便說要跟爺爺出去辦點事，又叫周宣作陪。周宣自然不反對，三個人開了一輛車出門，連保鏢都沒帶。

這自然是商量好了的，周宣隨身帶了剩下的七顆九星珠，而傅盈和傅天來也沒有帶什麼，把車開到遊艇俱樂部，開了那艘最小的遊艇。

雖然是最小的一艘，只有十八米長，但三個人上了遊艇後，仍顯綽綽有餘。

傅天來很熟練的駕著遊艇，慢慢駛出碼頭，大約有三海里後，離開碼頭遠了些，海面寬闊起來，這才把船速拉到最高，以最快的速度前行著。

傅家是億萬富豪，錢不是問題，所以遊艇也配置了最好的動力設備，速度遠比普通船隻要快，全速前行之下，將一些過路來往的船隻遠遠拋在了身後，遊艇後面激起一大片的水花。

周宣為了保密，不驚動到旁人，所以讓傅天來使勁往大西洋深處開進，至少開進深海一百多里後，才停了下來。

茫茫大海上，四面都是一望無際的海水，頭頂是一輪烈日，四處無別的船隻。在這個地方，周宣覺得很滿意。

傅天來停下船後，跟傅盈在甲板上的太陽傘下乘涼，周宣給傅天來和傅盈倒了紅酒，然後自己就到甲板上。

一般人在太陽光的照射下，自然會被曬得汗流浹背，但周宣就沒有那種反應了，身體以之前兩倍的速度吸收著太陽能量，舒適得很。

他把那七顆九星珠取了出來，先捏碎了一顆，然後吸收了九星珠粉末，九星珠的能量吸到周宣身體裏後，異能一震，吸收太陽的能量猛然間就如洪水暴漲一般，一下子漲到了四倍，而不是之前預計的三倍。

看來，這九星珠的能量不是逐一遞增的，而是按倍數增加，開始是一倍，吞食了第二顆時變成了兩倍，現在吞食了第三顆九星珠，吸收太陽能量的速度就變成了四倍，那麼，要是再吞食一顆呢？會是五倍，還是八倍？

周宣又驚又喜，原本想著要是把九顆九星珠都吞食吸收能量後，異能如果以原來九倍的速度和能量吸收，要想飛上天空，那種強大的供給能量度，恐怕還是提供不了，但如果每吞食一顆九星珠，吸收太陽能量的數量和速度是按多倍數遞增的話，那就有可能提供得了了！

周宣呆怔了一陣，傅天來和傅盈還以為周宣遇到了什麼難點，也沒有打擾他，因為異能上的事，他們都不懂，而今天出來，傅天來甚至都沒有問周宣到底是要做什麼，傅盈也沒有告訴爺爺，所以傅天來沒有什麼特別的感覺，只是等待著周宣自己說明。

周宣的身體接受著四倍的能量增漲，一直在思考著剛剛發現的問題，但他也不能十分確定，唯一能解釋的，就是再吞食九星珠，試試它的能量增漲。

周宣當即又捏碎了一顆，把粉末吸收入身體。

異能增漲的速度更為驚人而且龐大了，周宣明顯可以感覺到，異能增漲的量又按現有的量增加了一倍，按單獨一顆的能量來計算，這個增加量是八倍了。

周宣更欣喜起來，如果按這個量增漲的程度，那他飛行的可能性就更大了，當即不再猶豫，接二連三地把剩下的九星珠全部捏碎，迅速吸收進身體內。

這下子是五顆九星珠同時被吸收進身體中，周宣腦子中「轟」的一聲，一股如海如山的大力把腦子衝開一個大海洋，彷彿打開了一座大倉庫一般，身體吸收太陽的能量，則以之前兩百五十六倍的恐怖增量和速度進行著，排山倒海的太陽能量一下子湧進了大腦的那個倉庫中。

周宣低低吟哦了一聲，站直了身子，雙拳緊捏，渾身的勁道鼓蕩，龐大無匹的能量在身體裏左衝右突，大腦的倉庫都裝不了，餘下的能量四處亂竄，緊跟著，連身體裏都塞滿了，漲得身體似乎都要爆炸了一般。

周宣閉上了眼，感受了一下能量的龐大，然後把能量凝成束，轉化成一縷，往足底湧泉穴中逼出去，「啵」的一下，一聲氣波爆炸的聲音響起，周宣以驚人的速度被彈向天空！

傅天來被這個突如其來的變故嚇得一下子從座位上彈起來，手一絆，把紅酒都弄翻了，再仰頭瞧著天上，周宣在烈日耀眼的天空中，只剩下一丁點黑點，轉眼中，連黑點都不見了。

隱隱在天際中，只看到一條筆直的帶狀白雲，只不過，這條雲帶消失得也很快，不過幾秒鐘，一切都消失不見了。

如果不是傅天來親眼看到，而且還同周宣一起出海，他還真以爲這一切都是在做夢！

傅盈因爲昨晚早聽周宣說過了，所以倒是不十分驚訝，但周宣真飛上了天，而且以這麼驚人的高速，她還是吃驚不小！

以前是看電影，只有電影中才有這種特技和能力，但沒想到，自己的丈夫就真正擁有了這種能力。

傅天來見傅盈並不是很驚訝，便知道她肯定是知道內情，當即問道：

「盈盈，周宣究竟是怎麼回事？」

傅盈沉吟了一下，然後說道：

「爺爺，是這樣的，周宣昨晚跟我說，他最近能力大增，說……說他可能會飛，我一直還不相信，現在看來，倒是真的了！」

傅天來詫然不已，呆怔了半晌才又問道：

「那……他還有些什麼能力？」

好久沒跟周宣談話，傅天來也不知道周宣的能力究竟暴漲到了什麼程度，以前知道他能轉化吞噬物質，又能探測物體的年分來歷，不過現在看來，那些能力反都成了小兒科了。前段時間，周宣只是說能把轉化成的黃金永久轉化保存，這已經讓傅天來又驚又喜了，沒想到，周宣的能力已經進化到令他都無法想像的地步了。

傅盈又說道：「爺爺，周宣還說，他的身體已經堅硬到遠超過金剛石硬度的數十倍，昨天在家裏就是試驗飛行，然後才從天臺頂上摔落在院子中的！」

傅天來聽得目瞪口呆的，昨天他對周宣的話根本就沒半點懷疑，現在聽傅盈一說，才恍然大悟，但周宣的能力，當真是如此離譜了嗎？

傅天來與傅盈祖孫倆在遊艇上猜測討論時，周宣此時卻已經以超高速飛升到了太空中，從好幾顆人造衛星邊掠過。

他在太空中並沒感覺到任何不適，看來他身體的強度已超出了他的意料。

周宣此時當真是無法抑止自己的興奮了，身體吸收了龐大的太陽能量後，足夠支撐超高速的飛行，且還剩餘有大量的能量在身體中儲存下來。

九星珠吸收的能量太驚人了，二百五十六倍的能量吸收速度讓周宣無法想像，而他的速度在一輪飛行中，又摸索到了竅門，可快可慢，全憑他的能量控制。

當周宣把速度運行到最快時，飛行所帶起的強勁氣流影響到了衛星的正常運作，世界各地的電信以及軍用設備都受到了影響，也查不出來是怎麼回事。

周宣想測試一下自己究竟能有多快，以自己最大的能量輸出，沿著地球飛行了一圈。

周宣沒有手錶測定時間，但估量著，大約不到三分鐘的時間，周宣就繞地球飛行了一周，然後又回到了原來的地方。

周宣在空中稍稍停留了一陣。他有些發愣，突然間達到了這個無法想像的程度，身體有了這個能力，心理上卻還沒有準備。

呆了一怔後，他這才往下飛去。

雖然此時離飛上來的海面有上千公里的遠度，但他仍然看得清海面上傅盈和傅天來的那艘遊艇，高速之下，進入到大氣層中後，身體與大氣摩擦，燃起了長長的一條流星似的尾巴，這個樣子，就跟一顆流星差不多。

傅天來和傅盈仰頭望著天空，看到這個跟流星差不多的火焰球飛下來，猜想就是周宣了，果然，長著火焰尾巴的周宣在飛到將近海面上兩千米時便慢了下來，速度驟降，緩緩落下，然後降落在遊艇船頭甲板上。

傅天來和傅盈急急走上前仔細檢查著周宣的身體，發現他確實沒有什麼異常，身體完好無損。

傅天來抑止住激動的心情，問道：

「周宣，你說，到底是怎麼回事？」

周宣停了停，然後才扶著傅天來坐到太陽傘下說道：

「盈盈，你也坐下，我跟你們說！」

等到兩人都坐下後，周宣才說道：

「盈盈，爺爺，我把九顆九星珠捏碎吸收到身體裏後，吸收太陽光的能量就爆增了兩百五十六倍，龐大的太陽能量讓我擁有了飛行的能力，那些九星珠普通人是沒法吸收的，所以九星珠基本上是只對我有效，別人拿去也沒有用！」

傅天來怔了半天，仍然直是搖頭，又連連嘆道：

「太不可思議了，太不可思議了，我實在無法相信自己的眼睛！」

周宣握著拳頭試了試，然後說道：

「我現在感覺到渾身是勁，這個能力變化太大，讓我一下無法平靜下來，爺爺，盈盈，我再到海底裏去試一次，試試我的身體強度！」

周宣話是這樣說，但明顯估計到，自己到海底也是小事一樁，海水的壓力還比不上太空中的真空強度，哪怕是最深的海水中，都有還能適應的動物生存，但在宇宙真空中，卻是沒有一種生物可以存活！

傅天來和傅盈已經是什麼話都說不出來了，呆怔不已，哪怕傅盈已經知道周宣會有這樣的能力，但看到周宣這般情形，仍然是驚訝不已。周宣的能力實在太驚人了，強到她都不能相信的地步。

周宣說完，騰空躍起，速度沒有很快，因爲隔遊艇太近，怕高速氣流會影響到船，然後以普通躍水的速度進入海水中，下潛到數百米後，這才加快了速度。

速度超快，周宣感覺不到海水對他的壓力幾乎沒有什麼影響，而且在深海中，他的眼睛仍然看得很清楚。高速在海水中穿行，直接下到海底，這一帶的水深度超過了六千米。

周宣的高速帶起了強大的水流漩動，凡是他身邊六七米遠的水底動物，都被他急速穿行的動力激得倒跌而出，根本就近不了他穿行過的路線。

海水的壓力在這個時候對周宣沒有半分的作用，他身體的強度，已經遠超這個世界中的任何堅硬物質，沒有什麼可以跟他身體相抗。

周宣不知道自己的力量究竟有多大，但他在對人的時候是不敢盡全力的，之前初練就鋼鐵身軀時，隨隨便便一拳就能把人砸個半死，而現在，他身上的異能以之前兩百五十六倍的速度和容量在吸收能量。

簡單地說，現在的他，就是兩百五十六個以前的他揉合在一起，光是想想這個，就值得驚訝了，不知道周宣能力的人還無所謂，但知道周宣能力的人，現在對周宣的能力就只有驚嘆的分了。

周宣在海底下用雙眼的太陽烈焰熔化了海底，迅速在海底中弄穿了一個超過一千米深的坑，感覺不到什麼壓力，還是停下來了。

他可不想試到沒了底限，要是穿得太深，把熔漿引出來，惹發了火山爆發，那就有可能引起海嘯。海面上還有傅天來和傅盈呢，就算沒有他們，周宣也不想做這樣人神共憤的事。

他又在海底中隨意穿行，現在就算要到世界的任何地點，都花不了幾分鐘，他現在飛行的速度比這個世界上的任何飛行器以及導彈都要快。

如果僅以軍事上的武器來說，它們對周宣已經造成不了任何傷害了。先不論武器的殺傷力，因爲所有武器都沒有周宣的速度快，就算發射核武器，周宣在爆發前的一秒鐘內，也能及時逃出數百上千公里。

在大西洋的另一端，周宣在海中遇到五六條大白鯊，比他上次凍結沉掉的那條都還要大一些，看起來就凶狠無比。

周宣有些想試一試自己身體的強硬度，但又怕承受不了鯊魚的超強咬合力而受傷，想了想，便把其餘的五條凍結了頭部，讓牠們不能進行攻擊。

鯊魚的攻擊武器就是嘴，除了嘴，牠基本上就沒別的招術了，周宣凍結了五條，只留下一條，周宣在牠面前晃了晃，有意引牠上前攻擊。

那大白鯊自然毫不客氣，猛一甩尾就上前狠狠咬，周宣退了兩米，把右手伸到鯊魚的大嘴中，讓牠狠狠一咬。

看著鯊魚那白森森的大牙和血盆大口，嘴裏噴出來的水中還有濃濃的腥氣，說實話，周宣心中還是有些害怕，生怕被牠這一咬，承受不住便會被咬斷了手臂。

那大白鯊幾乎比拳頭還粗、比鋼錐還利的牙齒，就交差錯齒地咬在了周宣的手臂上。按照大白鯊的咬合力，這下就算是實木堅木，都能咬成碎片了。

但「喀嚓」一聲中，周宣的手臂沒有問題，反而是那條大白鯊的牙齒被崩壞碎裂了一大半，超強的咬合力對周宣沒有影響，鯊魚的牙齒幾乎完全碎裂！

周宣當即放了心，鯊魚對他構成不了危險了，那麼強的咬合力咬在手上，手都沒事，甚至是連感覺都沒有。而這條鯊魚就算是報廢掉了。

沒有了牙齒的鯊魚，在海中就等於人沒有了武器，在海的世界中，強有力的武器才是霸權主義者最有力的殺手鐧。

周宣知道自己的身體竟然強到了這種程度，當然也就毫無所懼了。周宣大喜之下，索性把那五條給凍結了的鯊魚解凍了，讓牠們來攻擊自己。

五條鯊魚剛剛還在掙扎之中，不知道是怎麼回事，嘴部頭部都動彈不了，忽然之間一下子又能動了，想都不想，立即張開血盆大口，然後朝周宣撲來。

在深海中，像人類這樣的食物，牠們在可能的情況下是不會放過的。

周宣先把腿伸到一條撲過來的鯊魚嘴裏，「喀嚓」一下，將牠的牙齒震碎掉，接著又有一條從背後咬住了他，但想當然，那條鯊魚的牙齒同樣給作廢了。

「喀喀嚓嚓」幾下，這五條鯊魚都把牙齒給咬碎了，最後一頭鯊魚甚至是咬在周宣的頭上，把他一顆頭完全咬在了大嘴裏，周宣興致一起，伸出雙手撐著牠的嘴，然後左右一分，「喀啦」一聲，把那條鯊魚活生生撕成了兩半！

血淋淋的氣息讓剩下的大白鯊瘋狂，但可悲的是，牠們的牙齒都給報廢掉了，變成了沒有牙的鯊魚，鯊魚沒有了牙齒，比沒有了牙的老虎都不如，老虎沒有了牙還有爪子，但鯊魚沒有爪子，對人是沒有威脅性的。

周宣把兩半鯊魚一扔，然後又一手提了一條鯊魚，催發異能從腳底射出，頓時便如一顆子彈一般從水中射出，在海面上如同引炸了一顆炸彈，水花四射。

周宣為了不引起軍方的雷達注意到自己，就在海面上一兩米的空中超低飛行，兩條鯊魚提在手中，一點都沒有感覺到吃力。

在紐約西部的海洋中，傅天來和傅盈在遊艇上待了差不多二十分鐘，周宣便回來了。

落到甲板上時，傅天來一直在仔細觀察著，但都沒有看到半分徵兆，周宣卻忽然間落了下來。同時在甲板上，還多了兩條至少數噸以上的大白鯊。

兩條大白鯊此刻還彈動跳躍不已，傅天來和傅盈都嚇得退了好幾步。

周宣當然不會讓牠們傷到二人，雖然白鯊沒有了牙齒，但龐大的身軀要是彈到他們，還是一樣會傷到，於是雙眼一瞪，一道太陽烈焰便在兩條大鯊魚頭上燒灼出一個洞，鯊魚腦子立即被損毀，兩條大鯊魚便即死去。

傅天來猶在驚訝之中，好半天都沒回過神來，良久才說道：

「周宣，你……你還是我的孫女婿嗎？」

周宣笑笑道：「爺爺，你摸摸看，我還是我，不管何時，我都是你的孫女婿！我的能力變強其實更可以加強對我們一家人的保護，不是很好嗎。」

傅盈也是止不住的激動驚訝，上前拉著周宣仔細看了看，又摸摸他的臉，摸摸他的手，確實還是周宣，還是她的丈夫，皮膚依然是那麼柔軟，她想不通，這麼柔軟的皮膚，爲什麼會比任何鋼鐵都還要堅硬。

周宣又抬頭看了看天空，然後說道：

「爺爺，盈盈，我剛剛的飛行是貼著海面超低飛行，空軍和海軍的雷達發現不了，加上我的速度太快，只有天上的衛星能探測到。不過，我在天空飛行的時候，已經把會探測到這個方向的人造衛星擊偏了，使它們的正常工作受到影響，已經不能探測和拍到我的照片，我今天的飛行，應該沒有任何人可以察覺和發現！」

傅天來以多年超級富豪的身分，對國家的衛星運作是知道的，周宣剛剛說的他很明白，像周宣這種能力強到離譜的人，比什麼武器都要來得實在，沒有哪一個國家會不追蹤查尋的。

傅天來沉默半晌後，對周宣說道：

「周宣，你的超能力實在是太厲害了，像這樣的能力，只要在公眾面前一出頭，便會引起轟動，說不定會成爲全世界的公敵，會有無數大國的秘密組織來找你，想要抓住你，以後，你有什麼打算？」

周宣摸了摸頭，沉吟著道：

「爺爺，說真的，我還沒有想到那一步，但有一點我是肯定的，就是我絕對不會跟任何國家及政府機關合作，我的能力只會用來保護家人，也許遇到重大災難發生的時候，我會伸出援手去幫忙，不過，我並不想成爲電影中的那種超級英雄，不管別人會不會說我自私！」

傅天來點點頭，這反而像是他所認識的周宣，不搞虛名，不搞小動作，喜歡就是喜歡，不喜歡就是不喜歡！

「周宣，盈盈，我們回去吧，既然我們擁有那麼雄厚的財力，不妨再多想想有什麼方法，多些準備，給我們一家子留幾條退路。現在你擁有這麼強的能力，只要一個不慎被公眾發現，那我們一家人立刻就會陷入危險之中，只有做更萬全的防範，才能保障我們一家人的安全！」

周宣頓時沉默下來，擁有超強異能的興奮立時冷卻下來了。

三個人一起到了駕駛艙裏，傅天來啓動了遊艇。

傅天來一邊開船，一邊又說道：

「周宣，回去之後，我們得商量一下，把我們家的生意儘量分散在世界各地，最好不要集中在某一個國家，否則，如果一出狀況，那我們就沒有迴旋的餘地了。」

周宣嘆息了一下，說道：「是啊，天下之大，哪裡能有個樂土啊，能不受任何國家的管轄，也不用受任何人的威脅，只有我們一家人自由自在的生活就好了！」

傅天來聽到周宣的話一呆，隨即興奮地說道：

「對，周宣，你這話說得好，不如我們到某些小國那裏去買一塊地，或者一個小島，自成一國，你看怎麼樣？」

周宣也是一呆，傅天來這番話，當真是有些奇思異想，不過，他的話也不是不可能，某些偏僻的窮國十分缺錢，卻擁有大片未開發的土地或島嶼，而他們傅家最不缺的就是金錢，只要談好條件，也許真的有這個可能，而周宣在適當的時候還可以暗中給這些國家一些援手，對雙方都是雙贏。

在還沒有到港口的地方，周宣把兩條鯊魚轉化吞噬了，這東西帶回去一定會引起注意。

在港口的俱樂部停放好了遊艇，三人便開車回家。

在家裏休息了一陣，傅天來當即把最親信的幾個保鏢召集過來，在客廳裏坐下，然後問道：

「陳超，羅瑞，你們幾個是我最親信的人，我現在要跟你們說一件事，不久的將來，我準備在某個地方買下一塊地或者一個小島，傅家全家都要遷移過去，你們幾人是否願意跟我們一起過去，在那裡度過一生？」

陳超和羅瑞等幾個保鏢乍聽都是一怔，傅天來問的話讓幾人有些莫名其妙，甚至有些無厘頭，不知道他是什麼意思，幾人皆怔怔地看著傅天來。

傅天來又說道：「當然，我會給你們最優厚的條件，而且，你們也可以帶家屬一同前去，只要你們的家屬願意。」

這時，陳超幾個人終於明白，傅天來對他們說這番話的意思，其實是希望他們永久成爲傅家的隨從。他們跟了傅天來這麼久，現在又跟周宣也很熟絡，對傅家人的爲人及守信義的態度從沒有半點懷疑，跟著他們是不會錯的。

但心中又有一點擔心，如果像傅天來所說的，他們遷移到小島自成一國的話，會不會引來強勢的武力來搶劫掠奪？或者是受到其他國家勢力的逼迫？

如果碰到大國的逼迫和施壓，那他們根本沒有任何能力反抗，好比近代有些小國的戰爭，無一不是大國的介入施壓造成的，更別說像他們這樣，只是一個家族，家族再強大，也不如一個國家強大，人家還不是說滅就滅了！

傅天來笑了笑，對陳超他們擔心的事，他很清楚，但卻不想馬上說出來。周宣的秘密是不能透露出去的，以前他只有小的異能，但現在的他，能傾覆地球上的任何一個國家，甚至是整個地球，所以眼紅想控制他的人，肯定會在暗地裏有所行動。

「這樣吧，陳超，你再去招募一批願意跟我們前去發展的人，一切條件從優，但有件事，你一定要跟他們說清楚，那就是要長期住在那裡，而且要對傅家是絕對的忠誠！」

陳超想了想，點點頭道：

「傅老，絕大部分的人，忠誠是用錢來考慮的，所以這樣的忠誠也不是真的忠誠，等到老闆沒有錢的時候，就沒有忠誠可言了！」

這個傅天來當然清楚，忠誠必需靠長期相互相濡以沫地生活在一起才有可能產生，陳超可以保證絕對忠誠，羅瑞更是沒有問題。

羅瑞也是個武師教頭，身手了得，十多年前初到紐約時，曾經窮困落魄，差點想不開打算輕生，傅天來看他身手不凡，於心不忍之下救了他，將他請回傅家作保鑣，自此才擺脫了困境。所以，羅瑞對傅家亦是死心踏地的忠心，後來又在傅天來的資助下，買了房子，娶了老婆，日子過得十分美滿。

傅天來沉吟了一陣，然後說道：「好吧，就算是為了錢才來的人吧，只要他們願意，就雇用吧，不用考慮錢的事！」

對於這樣的事，傅天來自然是想得到，許多國家的武力有很大一部分都是職業雇傭軍，只要有錢，就能請到他們。這些人多是退伍的特種兵，身手好，又心狠手辣，不過要想長期雇用這樣的人，價錢上絕對不會便宜。

傅天來想，如果到時買下一個小島後，就需要這樣的一批人，以隨時保持對傅家家人的保護。

當然，以周宣的能力自然不成問題，但仍然要保有更多的武力防護，所謂雙拳難敵四手，周宣再厲害，速度再快，也只能應付一處，他又沒有分身，不可能同時應付多處危險的發生。多雇用些人，對傅家人的安危才能萬無一失。

陳超想了想，點了點頭，然後說道：

「好的，傅先生，這事就交給我辦吧，我在道上也有些關係，只要放出風聲去，招募新人是沒有問題的！」

傅天來當即揮揮手，說道：「那你就快去準備吧，薪水的事，你可以讓他們自己開口，想要多少開個價，不過事先我還是要提醒你一下，希望他們能值上那個價錢！」

傅天來的意思很清楚，要高價可以，但要想清楚自己的能耐，若是亂開價碼，他也不會隨便答應的。

第一七一章

超強異能

「你是怎麼辦到的？我知道，以你的能力，
飛上天空也許可以，但絕不可能供應得上繼續飛行所需要的龐大異能，
奇怪的是，怎麼才一天的功夫，今天你就變得超強了？
我的天……怎麼可能？」

當天晚上，一家人在客廳裏，從電視上看到新聞播報了周宣惹出來的禍。

西半球天空上的人造衛星，有九顆受到了影響而失去了作用，天文臺研究後做出的結論是，有可能是一顆流星經過，流星的高速氣流造成了衛星的失效，而後又墜入大西洋。

不過，這顆流星有可能已經在大氣層中燃燒盡了，到達海面的時候，已沒有剩餘的殘骸，所以對地球並沒有造成危害。

但又有新聞說，這有可能是軍方研製的新式武器，但空軍方面馬上就發出消息，否認是測試新式武器造成的衛星失控。

因爲速度太快，海軍空軍方面的雷達雖然監測到，但無法跟蹤。一是因爲速度太快，二是因爲體積比較小，而到達地球大氣層以內的低空時，就顯示還有兩米左右的火球。

按照這個大小墜落到海面上時，應該還有不會小於籃球大的核體，像這麼高的速度以及這個體積，砸落到海水中，仍然要比落在廣島的原子彈要強大數十倍。但奇怪的是，這顆流星體在到達海面上的時候，卻是忽然消失了！

這讓軍方很是詫異驚奇，按照它之前的燃燒速度來講，是不可能在數秒鐘之內燃燒盡的，那麼，就只有兩種可能了，一是，它是軍方的新型武器，只有軍方才有這樣的實力，能做出這麼高速的飛行器，第二種可能就是，這是個外星飛行器。

或者說，它不是外星飛行器，就是個穿高科技設備的人或是外星人。不過，這兩種設想，都難以令人置信。

事後，軍方派了大量的人力到墜落地點進行調查。不過，結果自然是一無所獲。

羅婭和王嫂一起端了水果進來，看到傅天來、周宣、傅盈三人緊緊地盯著電視新聞，不禁笑道：「怎麼今天忽然關心起新聞來了？」

周宣趕緊扯開話題：「正好口渴，有水果可以吃了！」然後拿著叉子叉了一片梨子吃，一邊又讚道：「好甜！」

傅盈抱著思思，但思思看到羅婭後，竟然伸出了小手，咿咿要她抱。羅婭伸手將她抱了過去，在思思的小臉蛋上親了一口，然後又逗她說話。

傅盈似笑非笑地道：「思思，是不是見到阿姨比媽媽漂亮，就不要媽媽了？」

羅婭頓時臉一紅，趕緊說道：「哪裡呀，思思喜歡跟我玩而已，要說漂亮，盈盈小姐可比我漂亮多了！」

周宣不禁頭痛起來，趕緊站起身，到後院裡弄了一支靈芝，洗淨後再到客廳裏去餵怪魚。

怪魚搖頭擺尾游到水面上，盯著周宣看了半天，連周宣扔下的靈芝都沒吃，驚訝之極地傳過訊息道：

「天啊……怎麼可能？你……你的能力怎麼會增加到這種程度？」

周宣嘿嘿一笑，同樣把訊息傳過去：「怪魚，我自己也有些不相信，但是事實就是如此，我做到了，真的飛上天了！」

怪魚張大了嘴合不攏來：

「那你是怎麼辦到的？我知道，以你的能力，飛上天空也許可以，但絕不可能供應得上繼續飛行所需要的龐大異能，你必須要有比現在高出一百五十倍以上的異能吸收能力，才能飛上天。當然，你有個極大的優勢，就是可以直接吸收太陽能轉化爲異能，而無需像別的異能者需要長期的鍛煉積累，這是你最大的強項，但我奇怪的是，怎麼才一天的功夫，今天你就變得超強了？你現在吸收能力的速度，至少超過了昨天兩百五十倍的量，我的天……怎麼可能？」

周宣笑笑道：「這個是秘密，嘿嘿，吃吧，過一段時間我們可能就要搬家了，到時候我再幫你造個更大更舒適的家！」

怪魚悻悻地道：「不說就算了，不過，你的能力實在是太驚人了，我都沒有告訴你用什麼樣的方法才能上天，而你就用一天時間辦到了，再加上別的異能，這個地球上，還有什麼人會是你的敵手？」

頓了頓又說道：「不僅僅是這個地球上，就算別的星球，科技遠比地球發達的地方，你的能力也是不得了的，連我都快及不上你了！」

周宣把靈芝全部扔進池子裏，然後又笑道：

「別想那麼多了，你放心吧，無論我變得多麼強，都不會把你當成對手敵人的，我還想跟你和平的過一生呢。在能力上，我想，也只有你才能做我真正的朋友，而且，我不想稱霸這個世界，只要我的家人過得好好的，不要受到別人的欺負和壓迫就好了！」

那怪魚道：「我就是看中你這一點，沒有野心，沒有強大的佔有欲，只要別人不來找你的麻煩，你對任何人也不會造成威脅。而且又有一顆悲天憫人的心，這樣的你，擁有了這麼超強的異能，或許也是這個星球的福氣吧！」

周宣搖搖頭，笑道：

「你太誇大了，我可沒你說得那麼好。我私心很重，無論是誰，都不能欺負我的家人，我也不想為任何國家出力，或者為他們所用。在我看來，我的家和我的親人才是最重要的！」

怪魚嘆息道：「這或許也是你的特色吧，你又不是銀幕上的英雄，那些英雄人物都太不真實了，是特意美化過的，現實生活中，是不可能會有那樣的人物的！」

周宣笑笑道：「怪魚，好好休息吧，我上樓了，晚上抽個時間再回到國內去看看我的弟妹！」

一想到弟妹，周宣更是有些忍不住了，好幾個月沒見到弟弟妹妹了，也沒有聯繫，一想到便決定要做，況且現在他的能力又這麼強，回去也只是花不到一分鐘的事。

傅盈看到周宣默默餵了魚後就急急往樓上走，睡覺也沒這麼早吧？以往他一向是很晚睡的，現在顯得有些不對勁，便趕緊抱著孩子跟了過去。

在房間裏，傅盈見周宣換了一身質地很好的緊身黑衣，就知道他要出去了，趕緊問道：「周宣，你……你要到哪裡去？」

周宣自然不會跟傅盈說謊：「我想回國去看看弟弟妹妹，我很想他們！」

傅盈對這件事，當然不會反對，況且以周宣現在的能力，也用不著替他擔心，只說：「你要小心些，別暴露了形跡！」

像周宣這麼強的能力，要是被發現了，肯定會引起軒然大波，甚至某些大國會想控制他，以達到統治地球的野心。

周宣點點頭答道：「放心吧！」然後又湊到小思思臉蛋邊親了一下，說道：「女兒，爸爸去看姑姑和叔叔了，等你長大些，爸爸就帶你到天上飛去！」

這話當然是開玩笑的，周宣有鋼鐵般的身體，但他的女兒並沒有異能，是不可能跟著他在天空中經受那麼高速強勁的空氣摩擦的，除非是極慢的飛行，玩玩罷了。

跟傅盈說過了後，周宣便推開了窗子，緩緩飛出窗外。在半空中，周宣跟傅盈和女兒搖著手，便隱入了黑夜之中。

在天空中，周宣沒有在大氣層內飛行，因爲在大氣層裏高速飛行，會因爲大氣的摩擦而起火，有流星進入大氣層還會引起多方面的注意，所以，周宣便直接飛出大氣層外，進入一百公里外的太空中，然後高速往東半球飛行，只幾十秒鐘便進入了亞洲的天空。

周宣的眼力夠看到這麼遠，在地球上的版圖中找到城裏的位置，然後以更快的速度下降到太平洋的海面上，這個速度，是沒有任何一個雷達和衛星能探測到的，即使拍下了照片，那也只是一串長尾巴流星狀的圖片，絕對無法認出這是一個人來！

周宣在落到海面上後，這才降低了速度，以緩慢的速度往西面飛去。

這個速度比他從紐約飛到亞洲這個速度慢得多，但相對人類的飛行器和導彈一類的武器，還是要快得多。

他貼著海面飛到東海，然後再進入中國境內。在夜空中，他又稍稍加快了些速度，到城裏倒是花了幾分鐘。

在宏城花園的上空待了一陣，然後他才緩緩落下來，漫步走到自己的房子處。

別墅裏沒有燈火，周宣眼光透視進房中去，只見裏面的東西都還是保持以前的樣子，沙發和傢俱都蒙上了布罩子，房子中沒有人在，家裏的擺設也沒有任何改變，看來弟妹並沒有把房子賣出去。

周宣發了一陣呆，然後慢慢又走向弟弟周濤的別墅處。那棟別墅也在宏城花園之內，屬於三期建築，相隔只有五六百米遠。

這棟別墅倒是燈火輝煌的，周宣從門口透視進去，見到客廳裏，李爲和周瑩居然也在這裏，跟周濤爭得面紅耳赤的，周瑩和李麗哈哈大笑，而劉嫂則陪在一邊。

幾個月不見，李麗的肚子鼓了起來，周宣頓時高興起來，原來自己要當大伯了，李麗的腹中是個男孩，看樣子有三個多月了。

走到別墅大門口，站了一下，這才伸手敲了敲門。

來開門的是李麗，邊走邊問道：「誰啊？」

她還以爲是社區的保安，在這個時候，也只有保安才會來敲門。

把門打開，李麗在門口的燈光下，看到站著的人竟然是周宣，頓時呆了起來，好半天才回過神來，張嘴就要朝裏面叫，周宣立時伸手在嘴邊「噓」了一聲，阻止李麗說話。

李麗臉上止不住的喜意，趕緊拉開大門讓周宣進來，又悄悄地問道：

「大哥，你怎麼來了？嫂子呢？思思和思周呢？」

問了一大串問題，周宣一句也沒有回答，先跟著李麗進了屋，走到客廳後，周濤和李爲還在爭論，似乎是說什麼打賭的事，而周瑩直是好笑。

兩人爭論間，李爲一轉頭便瞧見了周宣，當即呆了一下，隨即叫道：「宣哥，你回來了？」聲音中儘是喜悅。

周濤哼哼道：「李爲，你的鬼把戲我還不知道啊？想吸引我回頭，你就趁機看牌對不對？想打我哥的招牌啊，切！」

李麗在後邊一急，結結巴巴地道：「周濤，是……是……」

李爲反而笑了起來，問道：

「宣哥，你是怎麼回來的啊？這時候應該沒有飛機了吧？」

周宣終於開口說道：「我還能怎麼回來，當然是飛回來的啊！」

周濤一聽到周宣的聲音，不由得一驚，回過頭來一看，不是哥哥又是誰？呆了呆，周濤霍地站起身來，不過，還沒等到他上前，一邊的周瑩已經飛撲到周宣懷中大哭起來。

周宣一邊擦著周瑩的淚水，一邊笑道：

「那麼不想看到大哥嗎？那我走好了！」

周瑩又哭又笑，一邊伸手捶打著周宣的胸口，惱道：

「哥，你走，你走，你走了就不是我哥！」

周濤也上前叫了一聲：「哥！」

李爲看了看周宣，然後又瞧瞧他身後，沒有見到人，當即又急急跑到門口，拉開大門，然後在門外到處尋找，還是沒看到半個人，這才轉身進屋，奇怪地道：

「漂亮嫂子呢？我的侄兒侄女呢？怎麼沒回來？」

周宣笑道：「你嫂子和侄兒侄女不會飛，所以沒回來！」

李爲忍不住笑了起來，說道：「你幾時變得這麼油腔滑調了？嘿嘿，你一個人回來，怕是想再找一個吧？」

也只有李爲才敢對周宣那麼胡天胡地地亂說。

周宣自然不把李爲的話當回事，但周瑩可就不饒李爲了，當即狠狠罵道：

「李爲，你在瞎說什麼？把我哥當成你那副德行啊？回去我跟你爸說，再跟爺爺說，讓他們狠狠教訓你！」

李爲平時不敢跟周瑩胡鬧，但現在周宣回來了，他倒是膽子壯了，周宣一向是他的擋箭牌。

「周瑩，你也不想一想，你嫁給我，應是嫁雞隨雞，嫁狗隨狗，怎麼，你還想翻天了不成？」

李爲忽然間膽子大了起來，倒是把周瑩弄呆了，因爲李爲突然變得大膽，讓她一時間不知所措。

周宣呵呵直笑，不理他跟周瑩兩個，然後對劉嫂說道：「劉嫂，我好想吃你做的酸菜肉絲麵，能給我做一碗嗎？」

劉嫂一直在旁邊，紅著眼睛，周宣一家人一直把她當親人看待，現在周濤和李麗對她同樣很好，見到周宣後，忍不住心情激動，聽周宣這麼一說，趕緊直點頭，一邊往廚房急走，一邊說道：

「好好好，等一會兒就好，我馬上給你做！」

周宣又問李麗：「小麗，你爸你媽呢？」

李麗趕緊回答：「大哥，我爸媽回老家探親去了，因為現在家裡經濟條件好了，所以不需要他們那麼勞累賺錢做生意了，我就讓他們去走走親戚，就當是運動運動身體吧！」

李為又說道：「我的大哥，你可回來了，我家老頭子最近老是在念著你，要是你在啊，就沒那麼為難了！」

周宣詫道：「為什麼?家裡現在有什麼為難的事嗎？」

「也不是！」李為搖搖頭道，「我老子現在升官了，可是並不見他有多高興，反而這幾天都黑著臉，我問他有什麼事，他也不說，我索性不問了，我家老頭子除了爺爺和宣哥，什麼人都是愛理不理的，我見都不想見他！」

周瑩倒是聽不下去了，惱道：「有你這樣說自己爸爸的嗎?回去我告訴他，跟他說你在外面都說了些他什麼壞話來著！」

李為惱道：「就你嘴巴大，去說吧，把我罵得狠了，我就跑到紐約去跟宣哥過日子，不回來了！」

聽李爲這麼說，周瑩心裏還真有些害怕了，李爲這個人，千萬別把他的話當耳邊風。這傢伙，有時候是說笑話，但有時候卻是當真的，別看平時吊兒郎當的，但真生氣的時候，也會把氣話當真了。

不一會兒，劉嫂端著一碗熱騰騰的酸菜肉絲麵出來，周宣深深嗅了一口，然後陶醉道：「真香，好懷念劉嫂煮的麵啊，在紐約吃到的肉絲麵，就是沒有那個味道！」

劉嫂一聽眼睛濕潤了，輕輕說道：「周先生，只要你想吃，我就給你做！」

周宣把麵條趁熱吃完，李麗又趕緊給他遞上一杯溫開水，周宣一口喝乾了，然後說道：「你們幾個都過來坐下，我想問你們一件事！」

李爲馬上一屁股就坐到了周宣身邊，等到周濤周瑩李麗幾人都坐好後，周宣才說道：「現在店裡的生意怎麼樣？」

周濤點點頭回答著：

「生意很好，最近店裏又新招了一些能手，生意越好，人手請的越多，就越發現我們自己能力的不足，所以我最近也像哥一樣，慢慢淡出，讓專業的高手去管理就好。再說，小麗又懷孕了，我不想讓她太累，這段時間就沒讓她上班，在家休息。」

周宣沉吟了一下，然後問道：

「周濤，小麗，李為，小瑩，如果，我是說假設，如果我在某個地方買下一塊地或者一個小島，把它建成我們私家的領地，你們願意去住嗎？」

幾個人聽了皆是一怔，沒有聽懂周宣的意思，過了好一陣子，李為才問道：

「宣哥你說的話是什麼意思？買一個島，修建別墅嗎？」

周宣搖搖頭道：「我是想建立一個屬於我們自己家的獨立王國，在這個地方，我們不用受任何國家的管制和脅迫。」

李為一怔，其他人還沒明白是什麼意思，但李為可就有些懂了，周宣的意思，是想建立一個不屬於任何國家管轄的地方，不過，要搞這麼一個地方，非得有強硬的後臺，腰板夠硬才行，否則便像是一群海盜了。

李為雖然知道周宣的能力不得了，但也還遠遠達不到讓那些巨頭賣面子的地步，所以當真要弄這麼個地方，似乎還有些不切實際，想了想說道：

「大哥，你這個想法是很好，但做這樣的事，通常得有強硬的能力才行，有能力才能讓別人畏懼，才不會輕易來侵犯你，否則，一舉手便將你滅了，槍炮之下出政權啊，這年頭，誰的拳頭硬，誰就是老大！」

到底還是李為的見識要廣一些，主要還是因為他身處於那種家庭，每天聽到見到的也都是國家大事，受到的渲染多了，說出來的話，自然就更有深度。

周宣笑了笑，然後對李麗、周濤、周瑩幾個人說道：

「你們繼續聊，今晚我要帶李爲去個地方，就別等我們了，明天咱們再聊吧！」

要是換了別人，周瑩肯定不依，但拉走李爲的是她的親大哥，而且是她最想念的大哥，也知道他不會把李爲帶去幹什麼壞事，所以沒得說了，只能由得他們去。

一聽到周宣要帶他出去，李爲就興奮起來，每次周宣帶他出去，都是做一些令人血氣沸騰的事，這一次，怕是還是那樣的事吧！

周宣把李爲拉出了別墅，在門口低聲道：

「李爲，帶我到你們家，我想跟你爸見個面，談點事！」

李爲詫道：「你跟老頭子有什麼好聊的？難不成你有什麼陰謀，想害我直不起腰來？」停了停又說道：「我的大哥，你如果是爲了周瑩出氣，我認栽了，我的親大哥，你要處罰我就處罰吧，別跟我家老頭子交代我的罪行了，我都認了！」

周宣呵呵一笑，罵道：「沒出息！」

李爲哭喪著臉求饒道：「大哥啊，你幾個月不回來，一回來就要讓我難受，算了吧，我家你還是不要去了，我乾脆還是回去讓周瑩折磨算了！」

周宣沒好氣地道：「真是沒出息，我找你爸，是想幫他出出力，看看最近有沒有讓他心煩爲難的事，放心吧，與你無關！」

李爲大喜道：「真的？」隨即又馬上點頭，然後興高采烈地去開了車出來。因爲他知道周宣從來不說謊話，既然這麼說，那肯定不是要找他的麻煩了。

這幾天，他老子李雷一張臉就跟苦瓜似的，眉毛鼻子都皺到一起了。李爲當然是不敢問的，平時心情好的時候，李雷還搭理他一下，若是心情不好的時候，常常直接就是嚴厲的喝斥，對他不留半點情面。

但是無論李雷在什麼樣的心情中，以前只要見到周宣，心情就會好得多，也從來不會對周宣發脾氣，所以李爲才高興起來，要是周宣真能把他老子的煩心事解決，那就好了。

李爲開著車，帶著周宣一路急馳到了守衛森嚴的軍區大營總部。

他家是第三棟小洋樓，車一停，守在門口的警衛早看到是李爲的車，等他下車後敬了一個軍禮，然後小聲道：

「小李，小心些，司令員正發著脾氣呢！」

李爲笑呵呵一擺手，滿不在乎地道：「放心，我就是來治他的脾氣的！」

那警衛一呆，李爲再大膽，可從來不敢當著他的面這樣說他老子。來治他老子的脾氣？敢說這話的只有老爺子老李了，李爲敢這麼說，除非是不怕屁股給打開花了！

李爲指指車門，笑道：「我的大哥，還不下車啊！」

那警衛才發現車裏還有一個人，等周宣從車裏出來後，頓時喜道：

「是……周先生嗎？」

幾個警衛都是認識周宣的，也知道周宣是李家人最喜歡和最熱情招待的一個客人，加上又是李爲的大舅子，是李家的親戚，看到他來了，哪有不高興的，心想：司令員肯定會開心些了。

所以，連通報都沒有，便放李爲和周宣進去了。因爲他們知道，別的人如果在李雷心煩的時候闖進去，肯定是要挨訓的，唯獨周宣是絕沒有問題的。

第一七二章

肉眼極限

其實，周宣已經把速度放慢了許多，
當真要以最高的速度飛行的話，老李和李雷只怕是連影子都看不到，
因為周宣的速度已經遠超過了肉眼能看到的極限。
李雷這時忽然明白了周宣來找他的原因。

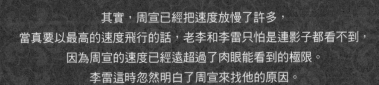

客廳裏，李爲的媽和老李在看電視，李爲和周宣進來的步子極輕，老李跟李爲的媽都沒有發現。

李爲偷偷溜到老李身邊，悄悄地說道：

「爺爺，你看我給你把誰帶來了？」

老李一怔，回頭一瞧是李爲，正要惱他，又看到他旁邊站著笑容滿面的周宣，不由得一喜，一下站了起來。

李爲的媽一見是周宣來了，也趕緊起身去泡茶。

「來來來，坐下坐下！」老李大喜過望，拉著周宣就往沙發上扯。

周宣低聲說道：「老爺子，等會兒我再跟您老聊天，我想先跟李爲的爸談點事！」

老李見周宣一副凝神靜氣的表情，氣度若淵，比以前更有氣勢了，便點點頭，然後沉聲道：

「也好，李爲他爸最近心情總是不好，如果你能出點主意就好了，我跟你一起進去吧！」

李雷正在書房裏沉思，這段時間，他只要一回家，就把自己關在書房裏生悶氣，老李到底是退下來了，對李雷的任上之事，只能給個參考建議，卻不能替他代理，再說，現在的時代不同了，以前那一套拿到現在的局勢也不見得適用，所以也只能乾著急，幫不上什麼忙，這時見周宣專門過來見李雷，想必是有些主意了。

李爲的媽剛好把茶水端出來，卻見到公公陪著周宣進了書房，只有兒子李爲坐在沙發上笑呵呵的，當即惱道：

「你就知道笑，不知道你爸這段時間多難熬，白頭髮都多了很多嗎，也不知道替大人們分分愁！」

李爲嘿嘿笑道：「我的媽呀，老爸的愁又怎麼是我能分得了的？他平時不罵我就是謝天謝地了。放心吧，媽，我的大舅子一到，老爸的憂愁就會消失的！」

李爲的媽還是皺著眉頭，愁容滿面地道：「但願能吧！」

老李帶著周宣推開書房的門進去後，周宣順手把房門關上了。

李雷正背著手對著窗臺，聽到聲音後，怒容滿面地轉過身，正想發脾氣，但一見是老李和周宣，不由得一怔，隨即喜道：

「爸，小周怎麼來了？」

在他的印象中，周宣是遠在地球的另一邊，在遙遠的紐約，怎麼突然在這個時候回來了？

老李自然也不知道周宣爲什麼會突然回來，所以攤攤手，指著周宣道：

「讓小周自己來說吧！」

周宣正要說話，李雷趕緊招呼他跟老爺子坐下說話。

周宣坐下後，才對李雷說道：

「李叔，我聽李爲說，你最近這段時間爲公事很煩惱，就想過來看看，能不能幫你解解煩惱。」

李雷見到周宣本來是一臉喜色，一聽到周宣的話後，臉色隨即暗了下來，搖搖頭道：

「這事，你也幫不了忙！」

周宣笑了笑道：「幫不幫得了是一回事，說出來又是一回事！」

老李坐在一旁直嘆氣，李雷的事，他自然是知道的，但他也沒有妥當的辦法。

李雷嘆了口氣，然後說道：

「我自從調入海軍部以來，海域衝突事件頻發，爭端紛起，又因爲某些國家從中挑唆，周邊一些小國家便趁機起鬨，想要搶佔我們的海島。要說以我們海軍的實力和國力，這些是不足慮的。但現在，我們的國際地位急速上升，在國際上的影響力也變得更強，既要顧及國際形象，又不能輕動武力，使我們陷入兩難境地。而國內民眾的呼聲也是極爲強烈，認爲國家走的路線太溫和，別人都踹進家門裏來了，我們還不還手，實在太窩囊了！」

李雷說到這裏，拳頭都捏得「嚓嚓」響，狠狠道：

「其實我們軍方又何嘗不想反擊呢？軍隊上下，從士兵到將軍，可以說，沒有一個是孬種，可是現代軍人，牽一髮而動全身，這種局勢，不是說打就能打的，就算我們出動武力，打贏了，那也是輸了！」

周宣一下子就明白了，這段時間他早看過了新聞報導，對於這些局勢很清楚，不過，當初他沒有那麼強的能力，即使知道，也沒有辦法替李雷解決。

李雷雖然知道周宣的能力，卻不知道周宣這段時間能力又暴增得更厲害。何況，以前周宣替魏家做了許多事，但魏海河最終還是與周宣分道揚鑣了，也因而舉家遠走海外，讓李雷和老李也心痛不已。

周宣沉吟了一下，想想後，對李雷說道：

「李叔，李爺爺，我想這事我能幫上一點兒忙！」

「能幫上忙？」

李雷和老李都詫異起來，有些出乎意料之外，於是緊緊地盯著周宣，不知道他到底能幫上什麼忙。這種忙可不那麼好幫，軍隊不能出面的事，私人平民又哪裡有那個能力與軍隊對抗？

周宣笑道：「爺爺，李叔，我也不瞞你們，最近，我的能力又增進了許多，而且有些特別……」想了想，然後又說道：「李叔，這樣吧，軍區裏有專門的訓練場吧？我們到訓練場裏走一趟，你馬上就會明白了！」

看著周宣自信滿滿的表情，李雷還真是有些奇怪。

老李倒是有些信了，周宣從來不吹牛說大話，而且，他的能力本就是一個令人難以相信的事，再有更奇怪的事，也不一定就不可能發生，所以站起身，對李雷說道：

「雷子，去吧，我相信周宣，我跟著一起去看看！」

李雷不是不去，只是弄不清楚周宣爲什麼要到訓練場去，想了想，點點頭道：

「那好，就到軍區最新的領導幹部訓練場吧，那裏保密性強！」

三個人一起出了書房。

客廳裏，李爲正將兩條腿高高翹起，架到沙發的上面，嘴裏叼著一支菸，一看到李雷老李周宣三人走出來，嚇了一跳，趕緊彈跳起來，菸也掉到了沙發上，手忙腳亂在沙發上掃了起來。

李雷只是瞪了他一眼，然後就笑著陪周宣和老李走出門外，現在他可沒有時間來修理李爲。

等到三個人走出門外後，李爲才鬆了一口氣，趕緊檢查起沙發來。菸頭把沙發上的布都燙了一個洞，頓時被他媽一陣埋怨：

「你這孩子，難怪你爸老是罵你，就沒個正經樣，也不想想，你也是結婚有家室的人了，還吊兒郎當的，像什麼樣子？」

過了好一陣子，李爲才想到，自己怎麼不跟著他們去？他們又去哪兒了？頓時又後悔又害怕，但這時再要跟去，只怕會撞在老子的槍口上，還是強忍住了。

來到軍區的幹部訓練場，特製槍械和體能訓練場位於地下室，周宣指了指一邊那空曠寬大的槍械訓練場，說道：

「李叔，爺爺，去那邊！」

這地下訓練場十分寬大，起碼有兩千平方以上，場中有數十根大柱子，移動槍靶，設備齊全。

周宣對李雷說道：「李叔，叫人送一些槍械子彈來吧！」

李雷越發驚疑，周宣以前可是碰都不碰這些的，他的異能好像也有些畏懼槍枝子彈，如果他是要顯露槍法的話，難道是想去暗殺別國的領導人？

周宣並沒有去讀他和老李的心思，對於自己的親人們，周宣從來就不去讀取他們的思維，他認爲這是對親人們的不敬。二來，每個人都會有隱私的一面，如果因爲看到他們的這一面而讓自己受傷，那對所有人來說，都不是好事。

李雷拿出通訊器通知副官拿一些槍械過來，包括手槍、半自動步槍，以及數百發子彈，然後讓副官離開訓練室。

等到副官離開後，李雷就問周宣：

「現在要做什麼？」

周宣笑笑道：「爺爺，李叔，你們現在儘管朝我開槍！」

「什麼？」

兩人都驚得呆了，老李首先否決了，「不行，周宣，我今天就覺得你怪怪的，跟以前有些不一樣，難道你是感冒生病燒壞了腦子？」

周宣笑道：「爺爺，你幾時見我糊塗過了？放心吧，我從來不把危險的事放到自己身上。我告訴你們吧，這段時間以來，我的能力增強了數百倍，擁有了你們想像不到的超強能力。我的身體擁有了超過地球上最堅硬的物體數十倍的堅硬度，可以說是百毒不侵，刀槍不入。

另外，我現在還能到達太空裏的真空中以及海洋的最深處，即使進入南北極的冰層裏都毫髮無損，更重要的是，我還擁有了飛行的能力，繞地球一圈只需要兩分鐘，你們能想像這種能力嗎？」

老李和李雷父子倆都被周宣的話驚呆了，張大了嘴合不攏來！如果不是早知道周宣絕不是個會開玩笑或者是說謊的人，那他們絕對不會相信周宣所說的話！

呆了一陣後，兩人才醒悟過來，周宣仍然笑笑地站在那兒，等待他們的回答。

李雷呆怔了一陣子，然後驚疑不定地問道：

「周宣，你說的是真的嗎？要不是因爲是你，我真不會相信這話！」

周宣笑笑道：「李叔，你先拿槍試試看吧，試試就明白了。要是你害怕，就朝著我的手腳開槍吧，你也知道我的能力，如果沒死，這些傷對我來說是小事一件，要不了幾分鐘我就能完全恢復！」

周宣知道老李和李雷肯定不敢朝他開槍，所以才說這些話，如果朝手腳開槍，即使傷到了他，他也能用異能極速的恢復，這倒是不假的。

李雷見周宣如此堅持，不像是開玩笑，就拿了一把手槍，「喀嚓」上了膛，打開了保險。

李雷握著槍，然後對周宣道：

「真要開槍嗎？」

周宣笑笑點頭，然後伸手對李雷擺了擺，示意要李雷拿他的手當靶子。

李雷一咬牙，瞄準了周宣的手掌，這才三四米的距離，李雷的槍法很好，一槍正中。

老李在一旁緊盯著，眼睛都不敢眨一下，生怕李雷傷到周宣。

李雷這一槍射出，子彈果真射在了周宣的手掌心中，「叮」的一聲，鋼鐵交擊聲響了一下後，彈頭落到了地上。

李雷一個箭步竄了上去，把周宣的手掌心翻過來翻過去，仔細看了一遍，見沒有任何的傷痕，這才放了心，又把地下的那顆彈頭撿起來一看，彈頭因爲碰撞的原因，變成了一粒扁扁的鐵扁片了。

這得要多堅硬的硬度才能把彈頭撞成這個樣子啊？

周宣笑笑道：

「爺爺，李叔，現在你們應該放心了吧？盡情地對我射擊吧！放心，我不會拿自己的生命來冒險的！事實上，這些子彈根本傷不了我分毫，現在，能傷得了我的東西，也許就只有核彈了吧。我不敢肯定，因爲我飛行的速度太快了，快到可以在一瞬間逃離核彈爆炸的威力範圍，而且核彈的威力，我也真不敢輕易嘗試！」

李雷驚得不行了。

周宣輕輕一彈身，便立即飛到空中，在地下室裏如閃電般繞飛了幾個圈子，快到李雷和老李只見到一個黑影在空中快速移動，等到周宣停下來後，才看到了周宣的表情。

周宣此時沒有落下地來，而是停留在離地面五米高的空中，向李雷和老李招手道：

「爺爺，李叔，拿火力強的武器朝我開槍吧！」

什麼話都不如實際的行動有更有說服力，周宣又飛行又阻住子彈，老李和李雷父子倆對周宣的話已信了個九成，周宣這時再說起開槍的話，他們兩個就不再猶豫了。

老李十分興奮，很多年他都沒摸過槍了，現在有這個機會，哪裡還客氣，彎腰抄起一支半自動步槍，手法熟練地上匣開保險，李雷也同樣拿了一支半自動的步槍，這槍比手槍的威力自然是強了太多。

打開保險後，老李還特地對周宣說了一聲：

「周宣，我要開槍了哦！」

周宣招招手，笑笑道：「早就等著爺爺和李叔開槍了！」

老李當即對準了周宣，扳機一扣，「噠噠噠」的聲音響起。李雷也在同一時間開槍了，子彈如雨一般傾灑在周宣身上各處，甚至是臉上，彈頭「叮叮叮」的雜響，紛紛跌落在他身下的地面上，散落了一大堆。

見周宣仍然面帶笑容，神態自若地停留在半空，射完子彈的老李意猶未盡，又上好了子彈，然後又抄起另一支半自動步槍，左右開弓，雙槍齊發。

李雷跟老李父子倆在數分鐘擊出了上百發的子彈，但周宣毫髮無損，兩人驚訝無比地扔了槍。這個時候已經不用再測試了，子彈確實傷不了他。

而剛才周宣的閃電飛行也嚇到了他們，原來人真的是可以飛的啊，而且速度快到了他們肉眼都看不清的地步。

其實，周宣已經把速度放慢了許多，當真要以最高的速度飛行的話，老李和李雷只怕是連影子都看不到，因爲周宣的速度已經遠超過了肉眼能看到的極限。

李雷這時忽然明白了周宣來找他的原因。

周宣在這個時候緩緩落下地面來，對李雷笑笑道：

「李叔，我想，你也應該明白我的意思了，有些事情，你們不方便出面，但我如以一個未知的身分出面，弄出些動靜來，對方只能猜測而無法肯定。當然了，我也不會留下任何的痕跡，他們也只能猜測而已！」

李雷呆怔了一陣，然後展顏笑了起來，拍手道：「好，好，好！」

一連三個好字，老李也笑了起來。

看來，周宣還真是來對了。只是，周宣的能力強到這個程度，確實是令人驚訝之極。他這個能力，當真跟科幻電影中的超人沒有多大區別！

李雷想了想，又對周宣說道：

「周宣，現在是和平年代，我們也不想以極暴力的方式進行報復和打擊，比如說你把對方的軍艦飛機什麼的弄毀掉之類的。我相信，很多事情都只是當地的執政者爲了自身利益而進行的偏執行動，絕大多數民眾只不過是受了蒙蔽而已，所以我想，你只需要讓民眾們知道事實的真相，這就夠了，並不需要去做一些極端的事情！」

周宣點點頭，然後說道：

「我知道了，放心吧，我知道該怎麼做！」

李雷陪著父親和周宣走出了訓練室，到門口吩咐衛兵把訓練室裏收拾一下。到廣場上後，周宣向李雷和老李微笑著點點頭，就在李雷準備陪周宣再走回家中細細商談時，周宣倏然升空，剎時間便消失在黑暗之中。

李雷不禁頓足不已，連連說道：「這個周宣，我話還沒說完呢！」

老李笑道：「周宣不是個魯莽的人，你放心吧，他不會做出太失格的事！」

李雷不禁望著黑夜星空搖了搖頭。

周宣在夜空中，以超高速飛到東海海面，天還沒亮，索性貼著海面極速飛行，身體飛過後，海面上還留下了一道長長的海溝一樣的波浪溝線。

東面的島國上空，周宣飛到離地兩百公里處的太空中，將這個國家人造衛星上的通訊設備都毀壞掉了。在這一瞬間，這個國家凡是通過衛星收發的通訊資訊都處於斷線狀態，包括軍方，周宣的舉動，把這個國家的通訊弄了個一塌糊塗。

然後，他又降落到地面。

此時，天還沒亮，這個城市倒是燈火通亮的，很多店面還有營業，過著夜生活中的人還是不少。

周宣獨自在街道上行走著。

周宣飛行了半天，肚子有些餓了，雖然能力超強，但他終究還是一個普通人類，身體還是需要補充食物的。

找了一家還在營業的餐飲店，到門口，「叮」的一聲響，自動門就打開了。

進去後，一個女孩子彎腰恭敬地用日語說著「歡迎光臨」的話。周宣打開了語言交流器，不過，就算不用語言交流器，他也能用讀心術探測到她的腦電波，語言雖然不同，但人的思想所引起的腦電波卻是不分國度的。

周宣點點頭，到座位上坐下來，看著牆上的菜單，指著其中一個說道：「我要那個！」

周宣的話是通過語言交換器翻譯出來的，略有生硬，但那女孩子卻聽得明白，又彎腰行了一個禮，柔柔地說道：「請稍候！」然後便通知廚師做菜。

周宣靜靜地等候著，腦子中在想著，要怎麼樣再來處理接下來的事。

說實話，如果不是爲了李雷一家人，他是不會主動找上門去做那件事的。李雷的事，現在其實算是他自家人的事了，就算是爲了李爲吧，那也是要做的。

更何況，李雷和老李父子倆對他可都是好到了極點，絕不會像魏海河那樣，對他來個利益選擇，如果當真有同樣的事讓他們選擇，周宣相信，李雷絕對會選擇他。

每個人的想法都不同，老李跟李雷父子都是屬於同一個類型，就是個性耿直、重情重義的類型。就算是李爲，雖然一副玩世不恭的無賴樣子，但內心裏其實也是一個極負責、極有男人氣概的人，相處得久了，就能懂得他的心理。

周宣正在思考時，那個女孩子給他送上了一杯飲料，溫柔地道：「先生，這麼晚的時間還出來，客人又少，我請你喝杯飲料吧！」

周宣抬頭道：「謝謝！」

說完這句話，周宣才注意到，這個女服務生長得很漂亮，不僅說話的聲音溫柔動聽，長相也是甜甜的，很是動人。

看到周宣喝飲料的動作，那個甜甜的女服務生問道：

「先生，您是中國人嗎？」

她是用標準的中文說的，周宣怔了怔，然後說道：

「是啊，難道你也是中國人嗎？」

那女孩子頓時興奮起來，店裏這時候沒有別的客人，也不忙，時間又晚，廚師正在裏面做餐，於是就坐到桌邊跟周宣聊了起來。

「真是巧啊，先生，您怎麼會這麼晚出來？」

周宣客氣地回答著：「晚上睡不著覺，又有些餓了，所以出來吃點東西。都是中國人，就不要那麼客氣了，我姓周，你叫我小周就好！」

見周宣說話挺客氣的，那女孩子也甜甜地說道：

「那好，我就叫你周大哥吧，親不親，家鄉人，在國外看到中國人就是覺得興奮！我叫王欣，是個日本留學生，暑期在這裏打工賺生活費！」

周宣笑笑道：「這麼晚了，你要吃什麼？我請客好不好？」

王欣笑笑搖頭。這女孩子長相確實很甜美，讓一看就覺得有種很親近的感覺。

「不用了，謝謝周大哥，我剛吃過沒多久，一點兒也不餓！」王欣笑嘻嘻地回答著，又問道，「周大哥，你在這邊做什麼工作啊？是不是在夜總會或者是酒店裏工作的？」

之所以這麼說，那是想周宣這麼晚出來，一般也只有這些地方才會工作到這麼晚，別的工作是不會這麼大半夜還在外面逗留的。

周宣笑呵呵地說道：「我是個自由職業者，以前做生意，賺了點錢，夠養老了就不幹了，準備遊歷世界各地。呵呵，我是個沒有大志的人！」

王欣捧著臉撐在桌子上，聽了十分嚮往，幽幽地道：

「真好啊，我就是喜歡過這樣的日子，可惜不可能，家裏供我到國外留學，就已經欠了一大筆債務，唉，就算不替自己想，也要替父母想啊！」

周宣也道：「是啊，這個世界中，身不由己的事太多了，沒個盡頭啊！」

窗口邊的鈴聲響了一下，餐點做好了，王欣趕緊端了過來，是典型的日本料理，周宣還有些吃不習慣，但餓了，什麼東西都好吃，周宣也不管儀態，大口大口吃著，毫不掩飾吃相。

王欣嘻嘻笑著說道：「感覺真好！」

這句話卻不是用普通話說的，而是一句鄉音，王欣在不知不覺中流露出了一句家鄉話。

周宣心裏一動，當即也以這個口音問道：

「妹子，你是丹江口的人？」

王欣也是一怔，詫道：「你……我是啊，你也是？」

周宣笑呵呵地道：「當真是自家人不識自家人了，真是巧啊，我家就是在武當山腳下！」

王欣當真是欣喜不已，立刻便用家鄉話跟周宣聊了起來。

她今晚實在是很興奮，大半夜的，碰到這個來吃飯的客人，不僅是中國人，而且還是同家鄉的，真是難得遇見這種情況了！

周宣把吃完的盤子輕輕推到邊上，把王欣送的飲料端到嘴邊一口喝盡了，然後扯了張餐巾紙擦了擦嘴。

王欣又問起家鄉的情況，周宣把大概的情形說了一些。

王欣來日本已經四年了，這期間，一次都沒有回過國，因爲捨不得這筆費用。來回一趟就得花上一萬多塊，還不如把這筆錢省下來寄給家裏還債的好。

周宣反正閒著沒事，這時候出去也沒個地方去，李雷說的事也不能著急，總不能現在立馬就把軍方的艦船飛機都給毀了吧？做事情也要先瞭解一下再說。

吃也吃飽了，周宣便跟王欣聊起天來。

眼看天色漸漸亮起來，王欣到了下班的時間，這才站起來對周宣說道：「周大哥，有空就到這店裏來吃點東西，聊聊天，以後我請你喝飲料！」

看著王欣熱情的樣子，周宣很喜歡她這種個性，活潑又開朗。

周宣掏出錢來準備付賬，一看全是美金，就隨便拿了一張遞給王欣，王欣一看是一百美金，面露難色，不知道怎麼辦好。

周宣問道：「怎麼？你們不收美金嗎？不好意思啊，我來得太急，身上只有美金，沒有兌換日圓！」

王欣沉吟了一下才說道：「不是的，因爲晚上不太安全，最近又發生了很多搶劫案，所以老闆在晚上營業時間超過十二點後，就把現金都拿走了，收銀機裏只剩一些小數目的零鈔，周大哥，你拿的是一百美金，怎麼找零都是找不出來啊……」

周宣呆了呆，隨即笑道：

「是這樣啊，那就沒有什麼好著急的了，算了，這一百美金你先收下吧，明天上班時再拿零鈔幫我買單就行了，剩下的就作爲我給你的小費，這樣可以吧？」

王欣想也不想便搖搖頭道：

「那不行，周大哥，花錢還是要有節制的，賺錢不容易，每一分錢都是流著汗水辛苦賺回來的！這樣吧，這一餐錢不多，算我請你的，同鄉也算親人，在國外遇見中國人不奇怪，但要能遇見同家鄉的人可就難了，親不親一家人嘛，周大哥，你就當在我家裏吃了頓便飯好了！」

說著，就把一百美金又還給了周宣。

周宣很難得看到出國幾年還這麼純樸的女孩子，想了想，還是把錢放在了桌上，說道：

「王欣，這錢你還是拿著吧。我比你大，也比你賺的錢多一些，我怎麼能夠占你的便宜？拿著吧，你若實在不願意，就當是我寄存在你這裏的，以後我還會常來吃，那時再算錢好不好？」

王欣見周宣這麼說，想了想也就答應了，心想：如果周宣以後經常來，這錢替他存著也是一樣的，再說，與周宣哪怕才相處這麼一會兒，也覺得他很親切，真像是親人一樣，很喜歡跟他聊天的感覺，要是他經常來，能常常和他聊天，那也是一件愉快的事。

王欣便說道：「周大哥，你等我一下，我換了衣服馬上出來，一起走吧！」

周宣點點頭。

王欣到了裏面的更衣室換上了自己的衣服出來，兩人一起出了餐廳。

在路上，王欣問周宣：

「周大哥，你住在哪裡啊？我住的地方在兩條街外，不算太遠，這個時間搭計程車，收費要貴一些，我索性就走回去，省點車錢。」

周宣聽她這麼一說，當即笑道：「既然是這樣，那不如我送你一程，送你回家吧！」

王欣搖搖頭道：「沒關係，不用麻煩你了。天都快亮了，你快回酒店去吧，我自己走回去就行了。這裏有些亂，要是回去的時候碰到麻煩事就不好了！」

周宣捏了捏拳頭，然後笑道：

「沒事，你忘了我是哪裡人嗎？呵呵，我可是武當山下的人，從小就是練武的，等閒七八個人還近不了我的身，你要是擔心這個，那就沒必要了！」

王欣一呆，隨即笑了起來，嗔道：「你唬我啊？我又不是沒見過練武的人，武當山上都是些腦滿腸肥的道士，什麼武功也不會，什麼武當少林的，那都是騙人的，電影電視演的！」

周宣笑道：「呵呵，這也給你發現了？算了吧，王欣，就給我個機會，體驗體驗送女孩子回家的感覺吧！」

王欣「撲哧」一笑，說道：「我們才認識兩個小時，你就對我說這個話啊？要是這裏的人，我理都不會理你了！嘻嘻，好吧，周大哥，我就給你這個機會，讓你體驗一下送美女回家的感覺吧！」

周宣嘿嘿一笑，也沒說別的，免得越描越黑。王欣看起來是個正經的女孩子，跟她開過分的玩笑就沒意思了。

第一七三章

神秘惡魔

一開始，有些士兵還以為周宣身上穿有鋼鐵防彈衣之類的東西，
但後來，見射到他頭臉手腳等皮膚上的子彈，依然一樣給彈到數米外，
這才知道這人可是刀槍不入的神秘人，也不知道是哪裡跑出來的神秘惡魔！

走了一段路，王欣見一開始跟她聊得很開心的周宣，這會兒卻是什麼話都不說了，有些奇怪，瞄了他一眼，然後問道：

「周大哥，怎麼忽然不說話了？」

周宣偏著頭看了一眼王欣，笑笑道：「我在想我的家人和我的兒子女兒！」

王欣一怔，心裏莫名其妙地閃過了一絲失望，不過臉上並沒有表露出來，裝作無意地道：

「周大哥，你看起來很年輕嘛，居然有了妻子兒女？」

「是啊，我很愛我的妻子，她是我這輩子最愛的人。」周宣點點頭回答著，「我的兒子一歲多，女兒才五六個月，可愛得很！」

一說到兒女，周宣忍不住臉上就洋溢著幸福的表情。

周宣是故意這麼說的，因爲無意中他讀到了王欣的心思，雖然並不明顯，但顯然王欣對他有某種好感。周宣感覺到王欣是個好女孩，所以不想傷害她，索性先把妻子兒女抬了出來。

說話間，兩人已經走過了一條街。

王欣指著前邊的暗處說道：

「過了那個巷子，再穿過一條街口，轉彎就到了。」

周宣點點頭道：「正好，我住的酒店也在那個方向，就送你到那個路口吧，反正順路！」

王欣嘆了口氣，說道：「周大哥，你真是個蹩腳的撒謊家，你說的謊話，連小孩子都不信！」

周宣笑了笑，既然被王欣看了出來，也不好意思再說什麼。

進入到黑暗的巷子時，周宣便覺得有些不對勁，這裏的路燈已被砸壞，而且巷子中還有七八個男子坐在裏面。

王欣也不禁說道：「巷子裏的燈怎麼全都壞了？昨天還亮著兩三個呢，今天一個都不亮了，這段路的路燈老是壞！」

周宣把異能放出去探測了一下，巷子裏坐著八個年輕男子，正在抽菸談話，話語間充滿了淫邪的意味，再讀了讀他們的思想，腦子裏儘是些殘暴污穢的東西。

周宣慶幸還好自己送王欣回來了，不然，他知道，如果沒送王欣回來，王欣今天過這條巷子時，肯定是要吃大虧了。

王欣自然不知道即將會發生什麼事，不過女孩子天生對黑暗就容易感到害怕，忍不住就向周宣靠近了些，不覺地摟著周宣的胳膊。

兩人走到巷子中間的地方，牆角邊「啪」地亮起了一個打火機的亮光，亮光照在這個人的下巴，使臉上呈現了一塊陰影，看起來非常嚇人！

王欣嚇得抓緊了周宣，把身子緊緊靠在他身上。

周宣早看得清楚，在他身邊，還有七個人呢，個個心中都在打著壞主意，就等有落單的女子經過。

這八個男子其實是一個黑社會集團的成員，這個集團是個很暴力偏激的組織，他們來這兒之前，正經過一場車賽，比賽不幸輸了，就把贏的一方打了個半死，車也砸了。

周宣拉著王欣，握住她的手，讓她冷靜一些。

兩人又向前走了幾步，隨即被跳起來的五六個男子攔住，王欣嚇得就要拉著周宣往後跑，但轉頭間，見後面也有幾個人攔住了去路。

這些人殘暴兇狠，無人不怕，見路過的這個女子很漂亮，早就見獵心喜了，雖然路過的女子有一個男的陪伴著，但他們是八個人對兩個，太容易得手了。

周宣聞到濃烈的酒味，看來這些人喝了不少酒才來的，其中五個人身上還有槍，八個人身上全都有刀。

王欣嚇得臉色蒼白，畏縮在周宣身上，只是發著抖。

周宣淡淡說道：「我知道你們想幹什麼，不過我也告訴你們，今天我心情不太好，趁我沒發作之前，你們趕緊離開，自動消失，這是你們最好的結果！」

周宣用語言交換器發出標準的日語，所以那八個男子聽得很明白，對周宣狂妄囂張的語氣只感到好笑，頓時發出一陣狂笑聲來。

周宣毫不動怒，靜靜地等待著，看他們到底會怎麼樣出手。結果竟然聽到他們在喊：

「把男的先打殘廢了，再把女的輪姦了，再弄回去拍個片子……」

本來周宣是不想動怒的，但這些人說的話，讓他當真是動怒了。

王欣嚇得趕緊把皮夾掏出來，顫抖著把錢全部拿了出來，顫聲道：

「各位先生，求求你們放過我們吧，我身上的錢全都給你們，就放過我們吧！」

為首的一個嘿嘿笑道：

「幾十年前，中國這群病夫就曾經被我們的祖先征服過，女人也被我們享用過，現在就讓你們也嘗嘗這個味道吧。嘿嘿，這個混蛋還很囂張狂妄，那就讓你活生生地看著你的女人是怎麼被我們弄得痛快高聲叫喊吧！」

周宣冷著臉，思考著要怎麼對付這群人渣，絕對不能讓他們逃脫了。

王欣已嚇得快站不穩了，她一向對自身安全很小心，沒想到今天還是讓她碰到了這樣的事，驚慌得不知如何是好。

周宣把王欣拉到背後，淡淡說道：「別擔心，這些鬼子還不在我話下，就讓我來試試他們的強健體魄吧！」

一口一個鬼子，自然讓那八個男子氣得七竅生煙，立刻把刀掏了出來，沒掏槍的原因是因爲槍聲會驚動到警方的注意，而且他們是八個人，八個人還對付不了一個人嗎，自然沒必要開槍了。

前面，兩個男子隔得最近，一個人揮刀就捅向周宣，另一個男子則是伸出手來拉扯王欣，想把她抓到手中。

周宣一拳便這個男子打得倒飛出去，重重撞到牆壁上，那男子連哼都沒哼出一聲，便即暈死過去。而另一個人那一刀正好砍在周宣肩頭上，「噹」的一聲響，好像碰到了鋼板一樣，那刀「啪」地一聲，斷成了兩截。

周宣更不說話，又一拳把這個人打飛出去，然後拉著王欣東一下西一下，接連揮出了三四拳，每出一拳就有一個人被打飛，那些人被打飛出去後，便如死人一樣，沒有半點動靜！

這幾下動作突如其來，把那幾個鬼子震得當場呆住了。

驚慌之中，餘下的三個人紛紛把手槍掏了出來，不過，周宣自然不會讓他們弄出槍聲來，但也沒有轉化手槍和子彈，以免留下線索，只是用冰氣異能凍結了這幾個人，然後毫不客氣地又上前一人一個拳頭把他們打飛。

這三個人同時發出一聲慘叫，不過第二聲就再也發不出來了。

周宣一不做二不休，運起異能，把這八個人的腦子轉化吞噬了一點，讓他們全都變成了白癡。

本來周宣這一拳就已經讓他們受了重傷，但把他們變成了白癡，會更加保險，不打死他們，而是讓他們在世上變成植物人遭受痛苦，那是對他們最嚴厲的懲罰。

王欣早已經嚇得花容失色了，周宣拉著她迅速穿過巷道，又探測著還有沒有監視鏡頭，儘量不要留下任何痕跡。

進這個巷子前，周宣便探測著，凡是有攝影鏡頭的地方，周宣就先用異能將其轉化吞噬了，有的攝影鏡頭甚至是用眼睛可以看到的，便用太陽烈焰燒熔掉。

到了王欣住的地方，這是一棟出租的大樓，周宣對王欣低聲道：「回去好好睡一覺，不要把你所看到的事告訴任何人，知道嗎？」

王欣雖然害怕到了極點，但腦子還是清醒的，趕緊點著頭道：「我絕不會告訴任何人，就算是打死也不會！」

周宣笑笑道：「我是不怕的，但我擔心你會受到危險，因爲出了這件事，警方肯定會透過許多人力物力來調查這件事，只要你沉默不說，就絕對不會有人發現的。萬一被他們知道了，他們是抓不到我的，但卻能抓到你，恐怕對你是有危險的！」

王欣確實是被嚇到了，抓著周宣的衣袖不願意鬆開。也難怪，一個女孩子隻身在國外，所承受的壓力是極大的，在遇到重大的事故後，無依無靠的，又怎麼能不害怕擔心？

尤其是見到周宣那驚人無比的能力後，更是把他當成了自己唯一能依靠的人。

周宣見到王欣的可憐樣子，想了想，然後跟王欣說了自己的手機號碼：

「王欣，要是有什麼緊急事情，就打這個電話給我，我會幫你的。暫時我會在這裡停留一陣子，只要你打電話給我，我馬上就會過來的！」

王欣這才鬆了手，眼圈也紅了，努力著不讓眼淚流出來。等到周宣轉身離去，連身影都看不見時，她才嗚嗚地低聲哭泣起來。

一個女孩子的心思是最敏感的，男人對她有沒有企圖，她是感覺得到的。

在店裏或者是生活中，遇見她的男人，就沒有一個不對她打主意的，無論開始怎麼表現，最後的目的都會暴露出來，那就是覬覦她的身體！

但周宣是個不一樣的人，幾乎從一開始，周宣就沒有對她動那樣的心思。

王欣流露出對周宣的好感，是因爲發現周宣也是丹江口人，興奮的心情讓她放鬆了警惕，而且對周宣表現出了好感和親切感，但周宣都沒趁這個機會對王欣展開攻勢。

一個男人如果對一個漂亮的女孩子有企圖的話，像這樣的機會，是絕不會放過的，如果連這樣的機會都放過的話，那只能說明，周宣對她沒有興趣。

而經過了黑巷子中勇揍八個壯男救了她的事，王欣甚至露出了要帶周宣回家去的意思。一個單身女孩肯把一個陌生男人帶回家，想想都知道會發生什麼事，即使是再想要手段的男人，這時也絕不會再假扮矜持，更不會放過這個機會，但周宣依然拒絕了，而且還故意在她面前說出自己有妻子有兒女了！

這就說明，周宣不僅對她沒有那份心思，而且還把這方面的可能性給堵死了，不是自己不想，而是周宣不想。

這個男人的作爲與能力，本就讓她有些動心，再加上又對她絲毫沒有壞心，這讓王欣一下子把防備之心打開，再也不能自拔。

一邊哭著，趕緊把手機拿出來，將周宣告訴她的手機號碼儲存起來。

周宣離開王欣住的地方後，沒有去酒店，而是按著腦中探測到的影像而去，那裏是剛剛被他打倒的那八個壯男的老窩，黑社會組織的大本營。

他之所以去那裡，是因爲他探測到，那裏有好多個被囚禁的女孩子。

在這些男人的腦波中，周宣看到了許多慘不忍睹的畫面。看過這些鏡頭以後，周宣對自己動手懲治了這幫壞人更是沒有半點後悔的感覺了。

因為天還沒有大亮，周宣索性施展飛行的能力，以超高的速度飛行到探測到的地方，這個速度已經快過了雷達所能探測到的極限，而攝影機更是沒辦法捕捉到周宣的身影。

等到了那些人的老窩，周宣降落到大樓的頂端，然後從頂層進入大樓內。

在這裏，其實不用周宣探測，用眼睛就能看到裏面有許多令人髮指的鏡頭。這個黑社會組織的手段當真是殘忍毒辣，那些被凌辱的女人，甚至不敢流露出一丁點的不樂意。

周宣想了想，順手扯下一件白衣衫，撕下一片布，把臉包了起來，又把眼睛的位置轉化吞噬了兩個小洞，讓眼睛可以看到外面。

其實，即使不弄這兩個小洞，他也能看到外面的情形，因為周宣的眼睛能透視一切。只不過，要是把臉完全遮住，可能會令被他救的人感到害怕。

越到上層，這裏的人就越是沒有防備。如果有人闖進來的話，肯定是從樓下的第一層往上走，而絕無可能是從大樓的頂端開始。要是有人從樓下闖進來的話，他們早就得到了消息。

周宣冒然闖入後，頂層的大樓中，有一間極大的室內游泳池，三個身上全是紋身的壯漢在水中，身邊各自有四五個妙齡女子在伺候著，俱都是一絲不掛。

周宣站在池邊，拍了拍手掌，冷笑道：「好興致，好享受啊！」

那三個男人和女子這才發覺有陌生人闖入，中間那個男子當即喝道：

「你是誰？」

因爲沒見過周宣，而且周宣還蒙著臉，很明顯不是他們的人，但他卻能進入到他們最機密的地方，顯然很有問題。眾人都覺得有些不解；但又想，也許是哪個組織的人，否則，如果是大家都不認識的人，手下人怎麼會隨意放他進來？

周宣抱著雙手，淡淡道：

「我是誰不重要，你們只要明白，我是來殺你們的人就行了！」

聽到是來殺他們的人，那三個男子把女人們一推，「嘩啦」一下從水中跳出來，其中一個大聲叫了一下。立刻，從游池外的房間跑進來四五個男子，手中拿著刀棍之類的武器。

周宣囂張地勾了勾手指，那些手拿武器的男子一聲喊，一起湧了過來，刀棍一起往周宣身上猛砍過來。

周宣毫不理會，任由刀棍落在身上，只聽「叮叮噹噹」的金屬碰撞之聲響起，然後就是一陣快速的拳頭聲。那些男子各自被打得慘呼著飛出去，有的撞在牆上，有的摔落在水中。

周宣這次下手更狠，因爲是在國外，反正沒有人知道他是誰，甚至連相貌都無從查詢，所以周宣手下毫不留情。再說，這些人都是死有餘辜、壞到極點的人。

周宣只出了八拳，五個打手和三個首腦八個人便即個個被打得狼狽不堪，眼見只有出的氣沒有進的氣了。

這次，周宣沒有顧及他們的性命，一拳一個，連命都取了，第一次打得這麼暢快淋漓。那些女子嚇得尖叫不已，周宣用標準的日語說著：「趕緊逃離這個地方吧！」

沿著這棟大樓的樓層，一層一層往下去，周宣至少打死了三十個人之多。因爲施展了讀心術，沒有一個人能瞞得過他，根本不用逼問，想對哪個人動手就對哪個人動手，此刻，周宣簡直變成了一個嗜血的煞星，從大樓頂層一直殺到最底層。

那些被囚禁的女人，他把鎖具扭斷就不再理會了，任由她們自己逃跑，反正這個組織中的人都被他殺盡了，一個未留，這些女人也不用擔心會再受到傷害。

周宣把這棟大樓攪了個亂七八糟之後，便又回到樓頂，然後立即以肉眼看不見的速度飛離現場。

直飛到大海上空，又潛在大海深處後，這才停了下來。

在海水中，周宣慢慢冷靜下來，任由海水浸泡著自己，似乎在清洗著身上的血腥味。

等到一艘巡邏艦經過時，周宣這才緩緩上升，偷聽了一陣。

甲板上的士兵們正在討論說，在他們的海洋線上或者是公海附近，可以把別國的漁船抓起來，反正在國內是由他們說了算，可以將私闖他們國家海域的人以一定的罪名起訴，或者公然綁架他們，讓這些漁船上的漁民家屬拿巨額現金來贖人。

周宣聽得頓時惱火，前段時間才見到有扣留本國漁船的消息，原來事實的真相是這樣，頓時惱怒起來，「嗖」地一下就升到甲板上。

四五個士兵忽然見到蒙著面的周宣，都嚇了一跳，然後齊齊拿槍對著他，紛紛喝斥起來。

因爲周宣用布將整個頭都包了起來，唯一能看到的就是前面的洞孔中露出了一雙眼睛。那些士兵叫喊起來，紛紛用武器對準了周宣。

這些士兵可遠不是那些黑社會組織中的打手可比的，皆訓練有素，遇事也毫不慌亂。不過，周宣的能力已大到令他們不可想像，一拳上前，就把要抓他的一個士兵連人帶槍砸得稀巴爛，連人形都看不出來了。

另外幾個士兵嚇了一跳，敢潛上軍艦來行凶，又是單槍匹馬，當真是從來都沒有見到過，眼見同伴血水四濺的慘死在面前，士兵們發出一聲喊，立刻拿槍齊齊地對他掃射起來。子彈一時間便如雨點一般射在周宣身上。一陣金鐵之聲，彷彿是射在鐵板上一般，然後又濺落在周宣身周的甲板上。

周宣更不等待，大踏步上前，一拳便狠狠打飛了一個士兵。那個士兵在他的重拳之下，甚至連哼都沒有來得及哼一聲便即斃命，身體重重撞在了甲板邊沿的欄杆之上。

幾個士兵無論是逃還是閃，都躲不過周宣的追擊，一一被他打死。周宣此時心裏想的便是，這些人怎麼對付他，他就怎麼還給這些士兵。

從甲板上到船艙裏，數百名士兵軍官，全部都持槍來追捕他，只要一見到他，便毫不猶豫地開槍，所以周宣也根本不留情面。

想想那些被抓捕的漁船漁民，他們就只能逆來順受，當是給有證的劫匪綁票了一般，也只能無奈地拿錢贖人。周宣看到這些士兵毒辣地對付他，自然也是辣手還回去。

這時候的他，可不像以前那般軟弱了，在有能力保護自己和家人的時候，他不再對那些強權勢力低頭，而是「以彼之道，還治彼身」。

數百名士兵給周宣打死了一大半，只剩下數十名，全部給嚇破了膽，不敢再跟周宣面對面對抗，只有到處躲藏。

好在周宣雖然凶狠，卻不會去追打沒有對他動手的，而一些軍官更是連動都不敢動，周宣的能力太驚人了！無論是什麼子彈槍炮射到他身上便即彈開，傷不到他絲毫。

一開始，有些士兵還以為周宣身上穿有鋼鐵防彈衣之類的東西，但後來，見射到他頭臉手腳等皮膚上的子彈，依然一樣給彈到數米外，這才知道這人可是刀槍不入的神秘人，也不知道是哪裡跑出來的神秘惡魔！

周宣一不做二不休，一步躥到艦台的武器處，「劈噼啪啦」一陣亂拳，將炮臺的武器打得稀爛，把那些士兵都嚇得面如土色，不敢再露頭。

這個神秘人顯然是真的刀槍不入，拳腳上的力量比穿甲炮彈都還要厲害，這已經超出了人類的極限，他們都在想，這個人不是人類！

周宣把炮臺武器打成了一堆破銅爛鐵，然後又把艦艇上的魚雷用異能射出，射出數百米後再引爆，「轟轟隆隆」的巨大響聲中，海水被炸得飛起數十米高。然後，周宣一蹲身，從船上一躍飛入天空，瞬間不見了。

這時，那些殘餘的士兵軍官才畏畏縮縮地鑽出來，仰天搜尋著周宣的蹤影，不過，如他們所想，根本就再也看不到周宣的半點身影了。

周宣這個表現已經明顯讓他們清楚，他是他們根本就無法想像和對抗的力量。

船艦上有監控錄影，周宣故意沒有毀掉，而讓監控鏡頭拍下他的行動過程，並且還拍下了他最後飛入空中的情景。

那些士兵趕緊檢查船艦受損程度，一邊又急急向上級彙報情況，並調出了錄影帶，傳送到總部。

周宣升空後，又從另一處急速降落到城市內，因爲速度超過了雷達能捕捉到的層次，所以他不擔心被衛星捕捉到。

之所以沒有立刻回到紐約，是因爲周宣還有些擔心那個王欣，因爲他的動作實在太大，如果警方當真要查的話，怎麼都能查到她身上，雖然沒有確切的證據，但要對付一個弱女子，警政機關自然是不費吹灰之力的。

在一處公共場所的電視機前，周宣看到幾個小時前，他做下的事情的新聞播報，說是海軍一艘軍艦遭遇海浪襲擊，偏離航道觸礁失事，目前已查明，死亡人數是一百八十三人，失蹤七人，船體嚴重受損，據專家檢測，可能是風浪太大導致航向偏離而觸礁。

周宣嘿嘿冷笑著，果然，這鬼子軍方影響力大，播報了假新聞，想想平時也不知道聽了多少次的假新聞，若不是自己親身經歷，聽了這新聞，保證還會真信了！

其實軍方在得到艦上的第一手資料彙報後，便震驚不已，當即把這件事定爲超自然力量的事件，並上報更高層，開會討論這件事的可能性。

他們主要是猜測來人到底是何方神聖，是別的大國的神秘特工？還是外星來的侵略者？

但有這般超自然能力的，想來也不會是哪個國家的特工，是外星人的可能性反而爲最大。

又考慮這件事的新聞需不需要播報出去，要不要跟這個神秘人公開宣戰，像這個神秘人的力量，他們還要考慮有沒有可能完全抵擋得住，如果沒有辦法對付的話，那就得給自己留一條後路，不能跟這個神秘人撕破臉，弄到無法收拾的地步。

周宣看到新聞又播報了另一則社會消息，在王欣住所附近發生的那件事，新聞裏播報說是黑幫火併，死傷數人，對周宣打死打傷眾多的人卻是隻字不提，兩件事件全是假新聞。

周宣停留了一陣，慢慢往王欣的住處方向走去。

經過那條黑巷子時，見到二十幾個穿西裝的男子在那裏搜證，便裝作過路人一般，慢慢地繞過去，直接往王欣的住所行去。

在王欣的住所前，周宣停下來透視了一下，王欣正在三樓的一個小房間裏睡覺，見她安然無事，周宣放心了下來，便在路邊的花臺上坐下來。

也不知道坐了多久，王欣還在睡，見王欣暫時沒有危險，也就準備撤了。

不過轉身只走了十幾米，又探測到兩輛小汽車開過來，停在王欣住處的樓下，然後，有四五個男子下了車，先是左右檢查了一下，然後又留兩個在樓下看守車子，三個人上了樓。

周宣當即明白，這幾個人多半是針對王欣而來的，雖然當時自認為並沒有留下什麼痕跡，但現在看來，也許並不是滴水不漏，這些人來這裏，就說明有些形跡被這些秘密機關的人查到了。

周宣沒有先動手，他要確認那些人是真的要對王欣動手，他才會動手解救。反正以他的能力，即使那些人是來暗殺王欣的，他也能在他們動手前的一剎那把王欣解救下來。

第一七四章

惡夢開始

這些黑幫的刑訊手段，比起他們來只有過之而無不及，
所以他們不擔心從王欣嘴裏問不出來什麼。
只是他們沒有想到，王欣背後還藏了一個令他們致命的厲害人物，
真要查到王欣，其實是他們惡夢的開始。

那三個男子直接往王欣的房間行去。

到了三樓的房間處，那三個男子準確地在王欣的門口拿了個東西在鎖上一弄，鎖就被弄開了，然後輕輕打開門，三個人魚貫而入。

房間裏的小床上，王欣一點都沒有察覺到，依舊睡得很沉。

兩個男子對視一眼，然後從衣袋中拿出一小瓶藥水，又隨手在牆壁上取了一條毛巾，把藥瓶擰開蓋子後，將藥水灑在毛巾上，接著便捂在了熟睡中的王欣臉上。

王欣只是動彈了兩下，便在睡夢中暈眩過去了。

周宣想了想，還是沒有動手，而是慢慢走到了前面，離了他們大約有十來米處才停下來，然後任由樓上的三個男人把王欣半扶半抱弄了下來。

守在車邊的兩個男子趕緊把車門打開，那三個人便即把王欣塞進車裏，然後坐了進去。另幾個人坐到另一輛車上準備離開時，周宣這才運起冰氣異能凍結了他們，然後走到車邊，打開車門坐上了車。

在車上，周宣從身邊的一個男子身上搜出了一把手槍，然後把前面開車的司機解凍了，那開車的司機一個顫動，清醒過來後，一怔間，發現周宣正拿著手槍對著他，不禁嚇了一跳，趕緊把手舉到了頭頂，說道：

「我不是有錢人，我不是有錢人！」

「住嘴！」周宣喝了一聲，然後又擺擺槍口，吩咐道：「開車，要回哪裡就開到哪裡，有一點差錯，我就開槍打死你！」

周宣冷冰冰的話讓那開車的司機嚇得不行，也不敢說話，只是點著頭，一邊將車開了起來。

周宣便開始讀起這幾個人的思想。

他一直以爲這幾個人是情報機關的人，是特工，但讀到他們的思想後，才知道這些人竟然也是黑幫組織的人，不過與情報機關有聯繫，是爲情報機關服務做事的。

抓王欣因爲有某些方面的顧慮，怕引起國際紛爭，所以才托黑幫來做這件事，萬一傳出去，也好解釋，再說，王欣本是個無權無勢無影響力的留學生，真出了什麼事，也翻不起多大的浪。

而且，還有一個理由，那就是，把王欣牽連進去的原因，是因爲黑幫組織的人手被弄殘了，卻始終沒有找出兇手。

唯一引起特工機關注意的，就是當晚在出事地點五公里以內的交通錄影帶全部被調閱檢查，到最後，只剩下三四個有嫌疑的人，王欣便是其中之一。

擺在他們面前的最大的疑點就是，王欣只是一個柔弱的女子，怎麼可能有能力把八個壯男，而且是毆鬥經驗豐富的黑幫分子弄殘？

八個人全部被打得筋斷骨裂，這種傷，似乎只有一個力氣極大之人用大鐵錘狠命打擊，才能做出這麼狠的傷。

但查來查去，只有王欣這一條線索還算有用。於是，他們毫不考慮，便動了將王欣抓回來審訊的念頭。又考慮到王欣是外國留學生，索性讓黑幫把她抓回去審問。

這些黑幫的刑訊手段，比起他們來只有過之而無不及，所以他們不擔心從王欣嘴裏問不出來什麼。只是他們沒有想到，王欣背後還藏了一個令他們致命的厲害人物，不查到這條線索還算他們幸運，真要查到王欣，其實是他們惡夢的開始。

周宣拿著手槍對著開車人的後腦，那個人從照後鏡裏看到，當真是坐如針氈，渾身不自在，冷汗濕透了他的全身衣衫。

其實，周宣只是做個樣子，真要動手，他是絕不會用手槍的。

但他要不拿手槍，開車的那個人就沒有那麼大的心理壓力，說不定就會試圖反抗，惹出些沒必要的麻煩，現在拿手槍對著他，他就老實得多了，一點反抗的念頭都沒有了，因爲不等他回頭，只要一有異狀，就擔心周宣的手槍子彈已經穿破他的腦袋了。

只是他又在想著，怎麼旁邊幾個同伴一點反應都沒有？難道他們都被周宣暗中制住了？也有可能是給周宣施用了麻藥針劑什麼的吧。

但是不管怎麼樣，腦袋後面有一支黑洞洞的手槍口對著他，怎麼都不敢亂動的，生怕稍微一個動作不好就惹起周宣開槍了，連車都開得四平八穩的，擔心車一晃動就驚動了周宣。

周宣當然明白他在想什麼，讀心術把他腦子裏最深層的東西都讀了出來，在這些人當中，周宣也讀到其中一個人腦子中的資訊是有用的。

他應該是個小頭目吧，知道一些跟情報機關的事情，雖然不是很詳細，但有這些就夠了。

那司機把車開著行了半個小時，來到一棟大廈的停車場中，然後停了車，對周宣說道：

「到……到了……」

周宣立即用異能把他和他的同伴全都毀了腦子，讓他們變成白癡，然後才把王欣抱了起來，也沒弄醒她，然後一拳就把車門打飛，那個司機嚇得屁都不敢放一個，縮在車裏面動都不敢動。

周宣探測著整棟大廈，找到目標，然後把頭頂的樓層轉化吞噬出一個數米方圓的大洞，接著飛身而上，穿到二樓，一拳一拳把衝出來對他動手的人打飛，這些黑幫分子很兇悍，一時還不知道是怎麼回事，只知道前邊有人對這個陌生人動手，他們也就跟著動手了。

周宣也不知道為什麼自己現在的心變得如此剛狠冷硬，不知道是不是能力太強的原因，反正對這些人，他莫名其妙就能下得了狠手，而且看著這些人痛苦的樣子，心裏便有種暢快的感覺！

心裏雖然這樣想著，但周宣的行動卻是半點不慢，左手抱著王欣，右手揮拳，對方那些黑幫成員甚至都拿出槍來掃射了。

但周宣的行動速度遠超出子彈的速度，所以，即使不用身體來硬擋，也完全可以避開子彈的射擊，只是他還抱了一個王欣在身上，所以就沒有用身體硬擋，而是快速閃避，然後一一痛擊這些黑幫成員。

在周宣快速移動身體、一一痛擊這些黑幫成員時，一邊又運起異能將整棟樓的錄影鏡頭全部轉化吞噬掉，不留一絲半分的痕跡，即使是在另外樓層中的黑幫分子，周宣也用異能把他們的大腦組織轉化吞噬掉，讓他們變成白癡。

整棟大樓已變成了一個屠宰場，周宣拳頭上沾滿了鮮血，直到這棟大樓裏已經沒有一個正常的人後，他才停了下來。

這些黑幫分子成員，一半的人被他打死，一半的人被整治成白癡，被打死的人，死相尤其慘烈，一個個身體簡直就是一堆堆肉泥，慘不忍睹。

周宣探測不到還有正常的人後，這才又從大廈頂飛走。

瞬間回到了王欣的宿舍，把她放在了床上，然後才解除了她身上的麻醉劑。

王欣悠悠醒轉過來，坐起身，一眼看到周宣就坐在她面前，不禁嚇了一跳，「啊」的一聲驚呼，又抓著自己胸口的衣衫發呆，努力回想著。

當時她到回家後就睡覺了，一醒來卻見到了周宣，難道他真是個壞人，對自己的身體有企圖？否則，他怎麼會忽然出現在自己的房間裏？

呆了呆後，她再看看自己的衣衫，仍然是完好的，沒有任何異樣的感覺。

「你……你怎麼會在這裏？你……你怎麼進來的？」王欣有些吃驚害怕，一邊驚詫地問著周宣。

周宣這時自然不會再跟她繞圈子，直接說道：

「王欣，我就不跟你繞圈子了，直說吧，你已經被捲進了這件事情中，我很抱歉，但你也沒有選擇。特工已經盯上你了，因爲國籍的問題，所以並不是國家的特工直接來抓你，而是讓黑幫組織來抓走你，剛剛你在睡夢中被他們麻醉了抓走，是我救回了你！」

周宣說這些話時，王欣嚇得張大了嘴合不攏來，不知道說什麼好。

周宣又說道：「因爲同是中國人，又是同鄉，我不忍心看到你在異國他鄉遭受到外國鬼子的欺負凌辱，所以，我想你還是趕緊回國比較好，不要再待在這是非之地了。」

「回國？」王欣把頭搖得跟個撥浪鼓一般，連連道：「不行不行，爲了我出國，家裏已欠了很多債，我必須努力打工賺錢，把家裏的債務還清。再說，我的文憑還沒拿到，還得等幾個月，現在肯定是不能回去的……」

王欣猶豫著又說道：

「周大哥，我很感謝你為我著想，但我真的不能回去。我現在沒拿到文憑，即使回去了也找不到工作，找不到工作，那家裏送我出國留學的努力不就白費了嗎？家裏的債務又怎麼辦？」

周宣很同情這個弱女子，年紀輕輕，身上卻背負了這麼多的壓力以及現實中的債務。其實，像她這麼漂亮的女孩子，要想賺到快錢，還有很多別的方式，很多女孩子便因為受不住金錢的誘惑而下海，但王欣居然還能保持那份純真，當真是難得。

上學之餘，她還在餐飲店打工，賺取一份薪水很低的工作，就憑這一點，周宣就想幫她一把！

想了想，周宣又問道：「王欣，你先別急，我問你，你如果拿到文憑以後，以你的能力和理想，想找一份什麼樣的工作？」

王欣怔了怔，沉吟了一陣才回答道：

「我……我還沒想到這麼遠的事，但是，以留學的身分來講，我想，怎麼也要找一份月薪萬元的工作吧！」

王欣是說她回國的薪水，月薪萬元在國內，以現在的水準來講，也並不算是特別高，一年掙十來萬根本就算不了什麼。

在以前，年薪十幾萬是個很了不起的數字，只有那些高材生、留學生才賺得到。但現在，隨隨便便一個農人，年收入十來萬都不是奇事。

就說一個普通的建築工人吧，月入萬元也很常見，十來萬的年收入在二三線城市中，都屬於買不起房子的一族，就更別說一線大城市了。

周宣笑笑道：「那這樣吧，你跟我回去，我聘用你，不要你有什麼文憑，我給你一百萬的年薪，怎麼樣？回去吧，不管是回國內，還是到另外的國家，我至少能保證你的安全，錢不是難事！」

「一百萬？」王欣呆了呆，周宣給的數目太嚇人了，而且還不要她有文憑，難道說，他真是對自己有什麼企圖？他的狐狸的尾巴終於露出來了？

如果不是對她有什麼企圖，那又怎麼會什麼條件都不要，還給她這麼高的薪水？

這一切都讓王欣往那個念頭上想。她無權無勢，家庭環境又差，周宣對她這麼好，只能說明一個問題，那就是周宣對她的美色，對她的身體起了歹意。

周宣讀著她的心思，不禁又好氣又好笑，想了想說道：

「你以為我對你的身體起了歹意？」

王欣忽然間被他說出心裏的想法，不禁臉一紅，訕訕的極不好意思，又怕周宣忽然間對她不利，還真有些害怕！

真心幫忙換來的是這種結果，周宣很是無奈，不過也不怪她，換了自己，如果什麼都不明白的話，也是跟她一樣的想法，這也沒有什麼好說的，只是在想，要用什麼說法來說服她！

「你……」周宣想了想，然後才又說道：「王欣，我不知道要怎麼樣才能說服你，我想我錯了，剛剛你被那些黑幫分子抓走時，我應該弄醒你，讓你知道你目前的處境。現在，我想只有兩條路讓你走了，一是你繼續留下來，讓黑幫或者特工來抓你，因為我剛剛做了更大的行動，已經毀了那個抓走你的黑幫組織總部，這件事肯定會引起他們的注意，毫無疑問，你會處於他們的監控之下。

第二，你馬上收拾好跟我走，我帶你回國，你害怕沒有工作和家裏債務的事，我替你解決。如果你依然不信，那麼……」

說實話，王欣還真不相信，因為周宣說得太突然了，本來她還對他充滿好感，但周宣轉變得太快，讓她一下子接受不了，只能選擇不相信。

周宣看了看外面，雖然隔了牆壁，但周宣已經透視到數百米外，有無數的便衣特工已經趕了過來。

這次，真的特工們出動了。

因爲周宣做的事實在太大了，引發了國內最高情報組織的警覺重視，而且周宣展示出來的能力，又都是他們無法想像的超自然的力量。

周宣運起異能探測著，特工們來得很快，到了近前一百米以內時，周宣已經確定，至少有一百名左右的特工。在某個國家，一次能出動一百名秘密特工，那一定算是很大的事件了。

王欣還在發愣和驚懼當中，對周宣保持了幾分距離，又對他懷有懼意，怕他對自己不利。周宣淡淡道：

「那好，特工已經來了，等你親眼看過再說吧。我實話告訴你，我對你沒有任何企圖心，我只是想幫你，要是任由你在這裏被欺負，我實在於心不忍！」

王欣見過周宣出手，他確實很能打。她親眼看到周宣把八個黑幫成員一一打成重傷，毫不手軟，所以對他的身手倒是不懷疑，但她也不是傻子，你身手再好，也只是一個人，又怎麼能對付得了那麼多的特工？也不可能對付得了子彈亂槍吧？

而且，周宣一直在跟她說著話，門關著，窗簾也拉著，隔著門窗，他又怎麼能看得到外面的情況？他又怎麼能夠知道有特工來了？

從這些情形來看，周宣有些像說謊的樣子，王欣越發懷疑起來。

周宣乾脆不再說服她，而是靜靜地等待著，等她見到那些特工的凶殘手段再說吧。

異能探測中，那些特工分散開來，樓下留了近一半的人包圍著大樓四周，一半人從樓梯上去，另外還有五六個人用特殊工具器械從樓後攀爬上去，準備從樓頂來個上下合擊。

那些特工早就知道王欣在哪一樓哪一個房間，從下至上，另五六個特工從樓頂上放繩索吊下來，在窗臺上邊等候著，只等一聲命下，就會破窗而入了。

在門口的那個特工，則是持著槍盯著，前面一個特工檢查了一下門，大約估計了一下這個門的品質和能承受的重量，然後決定怎麼攻進去。

周宣在房間裏自然地看著特工們的情況。現在的王欣，只有讓她親眼目睹事實後，才能讓她醒悟，否則她始終是一副懷疑他的樣子。

門外的特工們，最前的一個士兵把手指一豎，做了個行動的手勢，他身邊的一個士兵當即提腿，用盡全力一腳狠狠踢下。

「轟隆」一聲，那薄門就被這一腳踢得整塊脫落，中間露出了一個大窟隆，剩下的特工們持著槍迅速湧入。

此刻，眾人包圍著周宣和王欣兩人，大聲道：

「不准動！」

王欣當真是嚇了一跳，好一陣子才回過神來，顫聲道：

「你……你們是……是……是幹什麼的？」

周宣笑著搖了搖頭，自己剛剛對她說了那麼多，要是這點她還搞不明白，還不信任他，那她就實在有些笨了！

看著黑洞洞的槍口，以及眾多穿著特殊的人，王欣心想，難道他們當真如周宣所說，真是特工嗎？

周宣淡淡道：「我動了，你們又能怎麼樣？嘿嘿，我不動，你們也不能動，我想該是你們來還債的時候了！」

周宣說完就往前踏上一步，那拿槍對著他的特工中，有三個就「噠噠噠」開槍射擊了！

周宣身影一晃，當即消失在他們的視線中，等到槍聲一停，然後又現出身來，在眾人的驚詫之中，把手一伸，幾十顆彈頭刷刷刷從他手中跌落，散落在地上時，清脆的聲音響起。

周宣這一下可是把那些特工都嚇到不行，剛剛朝他一陣亂射，近距離中，他們的衝鋒槍威力極大，一分鐘甚至能射出過百發的子彈來，剛剛三個人射出的子彈也少不了三四十發。

而這些子彈也被周宣憑空抓住了，否則周宣做假的話，那起碼在他身後的牆壁上就會留下彈痕，可牆壁上一點痕跡都沒有，這難道還不能說明嗎？

周宣沒有對他們馬上動手出狠手，是還在等著他們對王欣動手，讓她看看，這些人究竟會怎麼對付她！

周宣要消除子彈對王欣的威脅，把這幾十顆的子彈抓到手中扔了後，周宣便不再有什麼別的動作，由得他們自己再衝上來動手。

只要不開槍，周宣就放心了，他能擋得住子彈，但王欣是擋不住子彈的，所以這一輪亂射，他是要出手的，等到這些特工不再開槍，就任由他們控制了。

另幾名特工當即一躍上前，兩個人反扭了周宣的手臂，以擒拿手法逮著周宣，另兩個人又逮著了王欣。

這兩個特工可就沒有對王欣手下容情了，一是對之前幾個案發現場驚人的事跡畏懼，如果王欣就是那個人的話，那他們還得加一百個小心，否則就會倒大楣了！

王欣驚叫道：「你們為什麼要抓我？我又沒犯法，你們憑什麼抓我？」

扭著王欣的一個特工當即給王欣一個耳光，「啪」的一聲響後，王欣就呆了，那人接著又撕了透明膠布，把王欣嘴給封了起來，王欣唔唔幾聲，嘴角邊便有明顯的血跡。

但她顯然沒辦法反抗，她一個柔弱的女子，又怎麼對抗得了身手極強的特工？更何況是數十個特工！

周宣這時才說道：「王欣，你現在可相信了？這些人可不管你有沒有犯法，落到他們手中，不死也要脫層皮！」

王欣的胳膊給扭得疼痛不已，嘴上又給膠布纏住了，叫也叫不出來，臉上給搧了一耳光後，耳朵都還在嗡嗡作響。

周宣一說話，逮著他的特工當即也是一個耳光扇來，嘴裏喝道：「閉嘴！」

周宣可不會任由他扇自己嘴巴，手一動，逮著他的兩個特工就抓不住他的手，扭回手就迎著搧他的手抓去，一把捏著那手，橫著也是一扭，當即便聽到「喀嚓嚓」的響聲，夾雜著那人的痛呼。

周宣更不多待，順手將那人提著飛扔出去，狠狠地就砸在牆壁上，這一下更是哼都哼不出來了，直接被一下子砸死。

對要搧他耳光的人，周宣尤其痛恨，要是自己沒有能力，可不就受了他的凌辱了？而且連反抗的餘地都沒有，以前受這樣的欺負，實在是太多了。

現在的周宣沒別的想法，說一句狠話，他還能忍，但對他出手動手的人，他絕不再心軟放過，只是動手要抓他還好說，但如果是打他，周宣就要狠狠還手了！

這一下狠辣的出手，讓其他特工都呆了呆，周宣這一下，雖然不是什麼武功招式，也不是任何擒拿散打的招式，但動作沉穩大力，一扭就將這特工的手臂扭斷，然後又狠狠將他一摔而死。

驚怒交集之下，其他的特工便迅速上前動手抓周宣。

因爲周宣身上沒有武器，讓他們很放心，只是來之前，上級已經再三叮囑過了，說是要抓捕的人，有可能身懷超強的殺傷力，要他們小心再小心。

不過，目標人物暫時只有一個，那就是王欣這個中國來的留學生。

但是闖進房間後，他們才發現還有一個陌生男子，而且是他們沒見過的人，所以猜測著，這個人會不會就是上級所說的極具殺傷力的人？

通常一般人對女孩子，都會有輕視的意思，不大相信女人會有多大的殺傷力。現在他們對王欣的估計倒是不錯，但對周宣就明顯估計不足了。

周宣也不多話，接二連三地把這些人摔死在房間中，一個不留。

這些人都是身手極強的特工，但在周宣超速的行動下，根本就躲不開他的攻擊，連慘叫聲都沒能來得及發出，衝進房中的十幾個人便全都死於非命。

周宣一不做二不休，異能運起，把沒來得及衝進去的特工全都轉化吞噬了心臟，讓他們沒有半點傷口就死了。

王欣看到滿屋的死屍，嚇得渾身顫抖，不知道如何是好！

她還不知道，在屋外，甚至是樓底下，那些來執行抓捕命令的特工們，已經都軟軟坐倒在地，似乎是累極了睡著覺一般。

因爲是慢慢倒下的，所以看起來是一副很自然的表情動作，過路的行人也看不出來，以爲他們是疲累極了給累得睡著了。

周宣指指王欣的櫃子，然後說道：

「王欣，你要是再堅持留下，我保證，你肯定會被他們抓到監獄裏去的，你要是相信我，就把重要的東西收拾一下，馬上跟我走，你只有跟我回到國內，才能躲過他們的抓捕，這些人手段的毒辣，我想我就不用再對你細說了，你自己考慮考慮吧！」

王欣幾乎都給嚇呆了，不知道要怎麼辦才好。

周宣說得沒有錯，王欣和其他中國留學生一樣，在這邊一直受到歧視，但那又能怎麼樣呢？她一個弱女子，除了逆來順受，哪有能力反抗呢？

可要是就這麼逃回國去，這些年出國受了這麼多苦就白受了，拿不到文憑，回去找工作都難，更不要說還債了。

周宣這麼說，八成是在糊弄她，說不定是想要以工作的名義騙她上床。她本以爲他是個真正的男人，但現在看來，好像跟別的男人也沒有什麼兩樣。

周宣又好氣又好笑，到現在王欣還有這種想法，這讓他有些無可奈何，想了想便道：

「王欣，我這樣跟你說吧，如果你以爲我是個色狼，只是想佔有你的肉體，那我也無法解釋，我最後問你一次，你走還是不走？我不強迫你，你要是走，我就把你安全帶回國，你要是願意，我就幫你安排工作；你要是認為我是在騙你，那就算了。不過，我要是走了，你就只能一切靠自己了，知道嗎？」

王欣看著周宣那雙清澈的眼睛，又猶豫了起來。

在周宣眼睛裏，她看到的只有真誠和善意。雖然這個男子表現出許多神秘的力量，但她有種強烈的感覺，周宣是個值得信賴的人，雖然有許多不合常理的地方，但她現在又能有什麼其他選擇嗎？

王欣艱難地吞了口唾沫，顫聲道：

「我……我……我跟你回去吧。」

忽然間又想起什麼來，連連問道：

「你……你說過，這些人既然是特工，是情報組織的人，那我們又怎麼能夠逃得出他們的勢力範圍？海關那兒是絕對出不了的，再說，如果是偷渡的話，我們也沒有能聯絡的人，幾個黑幫組織都被你得罪了，我們怎麼還能回得了國？」

周宣嘿嘿一笑，淡淡道：「只要你願意，我就能把你帶回去。只要我想做的事，就沒有人能阻擋得了，也沒有人能傷害得了你。」

王欣呆了呆，雖然懷疑周宣的話，但周宣確實能力出眾，在房間裏還躺了一地的死屍，這些本來凶狠的人都被周宣打成了一堆肉泥。

在她的印象中，這樣的能力只有在電影中才能見到，或許周宣也是一個厲害的特工吧？

也許周宣真能把自己安全帶回國吧？

第一七五章

美麗夢幻

王欣緊張地摟著周宣的腰，雖然看不到眼前的情形，
但她卻明白，周宣帶著她潛到了海水中，
由此可見，周宣的能力當真是上天入海，無所不能，
讓她覺得自己一直就是在一個夢中，美麗又驚險的夢幻中。

王欣呆了一陣，然後才醒悟地道：

「那……那我去收拾一下行李。」

王欣說著，就趕緊去拿出箱子來裝衣物錢財。

周宣擺擺手道：「不用了，這些東西拿著是負擔，挺麻煩的，我還是那句話，如果你願意，我給你一百萬的年薪，記著，是美金。」

周宣說過後，又特意補了一句，「是美金。」

王欣又是一怔，年薪一百萬美金？她學校的前輩中，最傑出的學子也沒有幾個，而近年來的學生中，更是沒有一個混到這個薪水程度的，這讓王欣都有些不相信了。

一百萬美金換了人民幣，在國內那可是年薪六七百萬的超高薪水了，她在老家的那十來萬的欠債，那又算得了什麼？

只是周宣說的話，實在是讓她難以相信，不過，同樣又具有無比巨大的誘惑力，周宣真有這樣的能力嗎？

王欣呆了一陣，還是把證件和現金用背包裝了起來，然後背在身上，又看了看周宣，問道：「這樣可以了嗎？」

周宣點點頭，隨即伸手道：「嗯，你過來，抓著我的手。」

王欣臉一紅，就算自己喜歡他，現在也沒那個心情，但瞧周宣臉上沒有半分開玩笑的樣子，只得慢慢走上前，輕輕抓著他的手，臉上羞紅了一片，見周宣時微微低了頭，閉了雙眼，看也不敢看他。

等了半晌，耳邊突然有呼呼的風聲，但卻沒有感覺周宣的嘴吻到她臉上，但周宣的手倒是摟在了她的腰間。

王欣感到一陣羞澀，又過了好一陣子，見周宣終是沒有再進一步的行動，這才忍不住偷偷睜開眼來，不過這一睜眼，卻是嚇得一聲驚叫，雙手緊緊摟住了周宣的腰部。

這時候，王欣才發現她跟周宣在天空中快速往前移動著，身底下是茫茫大海，她跟周宣都是身體懸空著。

難道這就是周宣所說的安全回國的方法？

王欣再仔細看了看她和周宣兩人的四周，確證了她和周宣不是乘著什麼飛行器，而是在飛行。

王欣心裏一片空白，怎麼努力都回想不起剛剛的事情來。

過了好幾分鐘後，才慢慢想起來，這才明白，周宣當真不是一個普通的人。之前看到他動手把那些黑幫成員打死打殘，那時只以爲他是個精通武術的高人，但無論如何都不會往超能力上面想。

周宣運用異能暗中給王欣做了一個無形的防護罩，用來給她擋風，急速帶來的風會把溫度降到零度以下，速度越快，溫度就越低，要是處在大氣層中，高速運動中還會引起大氣燃燒，摩擦會引起超高溫。

周宣雖然是銅牆鐵壁一般的身體，不會受到影響，但王欣肯定就不行了，所以得用異能幫她阻擋，否則他就不能以最快的速度飛行了。

這個速度雖然慢了一些，卻也不低，至少不會比飛機的速度低，不過也因為速度慢了，周宣的身體也給軍方的雷達逮到了，加上這兩天他做下的那些天大的動作，軍方當即派了幾架戰鬥機來追捕。

新式的戰鬥機速度很快，超過音速數倍，在太平洋的海面上追到周宣時，雷達也更清楚地顯現了周宣的位置。

戰鬥機上的飛行員一邊向總部彙報，一邊等候指示，因為時機有可能一閃而逝，還有一千米左右的距離時，戰鬥機上的飛行員已經看到周宣和王欣兩個人在海面上飛行，當看到確切的情形時，還真是嚇了一跳，這是真的嗎？真的會有能飛行的人？

飛行員接著又得到了總部的指令：向飛行目標發射導彈。

四架戰鬥機並排飛行，排在左首第一的飛機上發射了一枚導彈，這種空對空的導彈，有著電腦控制系統，可以追蹤和分析鎖定的目標，能分辨偽裝物。

王欣在看到戰鬥機追過來時，嚇得直發抖，周宣因為要耗力用異能凝結屏障給她阻擋風力，所以沒辦法再提高速度，只要一提高速度，他就不能保證屏障的作用。

不過，戰鬥機出現時，周宣並不擔心，雖然速度不能再提高，但戰鬥機卻是傷不了他，現在他在考慮，要不要鑽入水中，在海底穿行，來避開戰鬥機。

不過，戰鬥機一發射導彈，周宣就發怒了。

他的觀念就是，只要對方不先動手，他就不動手，想辦法避開就是，但如果對方動手，怎麼對付他，他就照樣怎麼送還給對方，想想，要是他沒有這個超能力，那還不是任由他們欺凌？如果不是因爲他出現，王欣不就會被那些黑幫分子殘害了嗎？王欣的人生也會變成地獄一般了。

導彈的速度比飛機要快，飛到周宣身後時，周宣運起異能把導彈裏面的電腦晶片轉化吞噬掉，那導彈馬上便失去了目標，周宣再閃開一些，飛到導彈腰部，用手把導彈撥回去，調轉了頭，然後對準那架發射導彈的飛機再用力一推。

導彈就以更高的速度飛回，因爲周宣用力一推，把導彈的速度再增加了一倍，那戰鬥機本來就跟得很近，不到一千米，這導彈高速飛回，都來不及閃避，「轟隆」一聲，飛機就給炸成了碎片，飛行員都沒來得及彈出座艙。

另外三架戰鬥機當即慌亂散開，把速度也降了許多，頓時與周宣拉開了距離，並同時向總部彙報。

不到三十秒鐘，軍方高層就作出了一道指令，三架戰機同時發射空對空導彈，把周宣當飛行物擊落。

三架戰機當即鎖定周宣，然後再發射出三枚導彈，導彈呼嘯著往周宣的身後急速飛去。

周宣冷笑一聲回頭往導彈瞧去，太陽烈焰隨著眼光掠出，三枚導彈當即被太陽烈焰的超高溫灼燒引爆，「轟轟轟」三聲，三枚導彈在空中就爆炸開來，如同空中爆開了三朵棉花雲一般。

不等硝煙散去，周宣的眼光就又掃向那三架戰鬥機，太陽烈焰同時發出，三架戰鬥機被同時炸毀，接著在一秒鐘之內，軍方就失去了幾架飛機的聯繫，雷達也追查不到了。

周宣隨後又沉入海中，王欣在他異能防護罩的保護下，如同被包在一個小型的潛水艇中，沒有絲毫的危險，只是目不能視物，海底中，光線很差，幾乎看不到，當然，周宣的視力是沒有任何影響。

王欣緊張地摟著周宣的腰，雖然看不到眼前的情形，但她卻明白，周宣帶著她潛到了海水中，由此可見，周宣的能力當真是上天入海，無所不能，讓她覺得自己一直是在一個無法相信的夢中，美麗又驚險的夢幻中。

在太平洋的海底中，周宣幾乎以剛才在空中的飛行速度前行，到東海大陸附近也只花了半小時，到岸邊附近的海底中時，周宣才降下了速度，帶著王欣從海邊鑽出水面來。這一帶周宣早探測過了，沒有人煙，是很偏僻的海岸帶，上了岸，周宣才撤回了異能防護罩，對仍然傻傻發呆的王欣說道：

「王欣，你現在有什麼想法？回老家？還是先到我安排的地方上班？」

這時，王欣絕對相信了周宣的話，也相信周宣不是貪圖她的美色了，有著這樣超絕的能力，那他說的話，就無一不真了。

「嗯……」王欣沉吟著，好一陣子才說道，「我……我想還是先回老家一趟吧。」

周宣詫道：「要回老家？那……」

周宣沉吟了一下，然後又說道：「那我先預支給你一年的薪水吧。」

兩個人走到海邊的公路上，找了個小餐館吃東西，看到餐館服務員熱情地說著熟悉的話語，王欣忽然流下淚來。周宣明白她此刻的感受，也不知道用什麼話來安慰她。

王欣已經相信了他的話，既然周宣有那麼大的能力，能給她一百萬美金的年薪，那錢和工作對她來講都不是問題了，家裏的債務也不用煩惱了，唯一的問題就是，周宣爲什麼會這麼不計報酬來幫她？

若說她身上，除了她的身體，王欣真的再也想不到任何一點可以對周宣有用的地方。

周宣淡淡道：「王欣，你不要老想著我對你有什麼企圖，我幫你，只是湊巧碰上，而且你是中國人，又是同鄉人，我又怎麼能見死不救，讓你被那些禽獸傷害？」

王欣臉一紅，這才想到，無論她想什麼，周宣好像都能看穿她的思想，周宣的能力實在是她無法想像的。

周宣又說道：「王欣，既然救了你，我也有一個要求。」

王欣點點頭，趕緊說道：「你說，只要我能辦到的，我絕對會做，任何事都可以。」

從王欣的話中，周宣讀到了她的心思。

自古以來，英雄便絕離不開美女的相伴，王欣也算是個美女吧，美女自然也是愛英雄的，何況，周宣這個英雄又把她從災難中解救了出來。

周宣這時已經不再讀取她的思想了，所以聽到王欣毫不猶豫地答應後，就點點頭說道：「那好，其實你應該明白，我是一個很特殊的人，我希望你能替我保守這個秘密，同時，如果你需要我的幫助，只要我能辦得到的，也是沒有問題的。」

王欣卻馬上搖著頭道：「周大哥，我不需要別的了，你幫助了我這麼多，我已經知足了，只要你能給我一個工作就好，我希望這一生都替你好好做事。」

聽到王欣真誠地說想一生替他做事，周宣心裏一動，想起之前傅天來要做的事，想了想說道：「王欣，你真的想替我做事嗎？如果我真的給你一份一生的職業，你願意嗎？」

王欣毫不猶豫地就點了頭回答：「我願意。」

王欣甚至都不去問周宣說的到底是什麼事情，直接就答應了周宣。周宣反而有些遲疑了一下。

王欣願意跟他，那是他樂見的事，他的確需要一批忠誠的人手跟在身邊。陳超雇傭的那些雇傭軍，都是只認錢不講情的，雖然錢不是問題，但這樣的人，遲早是會出問題的。周宣自己是不用擔心，但家人可就沒有他那樣的能力，不得不防著。

周宣想了一會兒，這才又說道：「王欣，我跟你說明白，你想好後再做決定，我不會強行要求你跟我去。你聽說過紐約華人首富傅氏嗎？」

王欣點點頭道：「我當然知道啊，傅天來先生現在是世界首富了。不過聽說，他的所有財產股份都轉讓給了他的孫女婿，這個人我倒是不熟悉，聽說是國內的一個富翁，周大哥，你怎麼忽然問起了這麼一件事來？」

「我……」周宣笑笑道，「其實就是傅家的那個孫女婿。」

「啊……」

當真是出乎了王欣的意料，她驚訝地叫了一聲，隨即臉上又浮起了失望的表情，當然，一閃又逝，馬上又回復了正常的表情。

周宣苦笑道：「王欣，我也不瞞你，就是因爲我身上有這樣的特殊能力，所以我才想在某些小國中買下一塊地或者一座島來成立一個獨立王國，我想請你到這樣的一個地方工作。我的財富，其實已經不需要再賺錢了，足夠我任意揮灑，用十輩子都用不完，我想買下這樣的一塊地方來做我的桃花源，沒有醜惡，沒有紛爭，沒有壓力，沒有欺騙，只有友善、愛和美好。我想要這麼一個地方。」

王欣終於完全明白了周宣的意思，而他剛剛對她說明了華人首富的身分，還有什麼辦不成的事?現在，傅氏已經超越了世界第一首富，成爲了新的世界首富，王欣自然是看到新聞中有提到的，對王欣來講，如果要買地買島，那是不可思議的事，但對周宣來講，還是很輕鬆的事吧?再說，周宣那一身驚天動地的能力，可是要比他的財富更驚人的東西。

服務員把飯菜端了上來，很道地的家鄉菜，豆乾肉絲、蕃茄蛋花湯等等。王欣一切心事既去，心思就開朗了，飯也吃得香了，難得地吃了兩碗飯，又喝了一大碗湯，周宣反而要比她吃得少。

準備離開的時候，一結賬，周宣才發現他身上沒有人民幣，只有美金，而王欣身上更是只有日圓。在國內，美金還可以收，但日圓就很少人收了。

那女子一見便道：「美金也行，但不知道要找你們多少錢，我看一下……」

周宣笑著把一百美金推了過去，然後說道：「那就不用找了，這一百美金給你就是。」

那婦女一怔，趕緊搖頭道：「不不不，不行，這一百美金就值六七百塊，這些菜才值二三十塊錢，再怎麼多收，我也不能收你六七百塊，嗯……」

想了想，那婦女有些爲難，要想不算周宣的飯菜錢吧，又是幾十塊錢，小本生意，她也很難做，但要收吧，這可是值六百多的人民幣，哪裡能賺這麼多？

她一時有點不知所措，而且因爲從沒有見過美金，也不知道會不會有假，要是假鈔，那她的損失可就大了。

周宣想了想，說道：「老闆娘，要不這樣吧，我看，不如叫你老公去銀行兌換，我們就在這兒等著，如果沒問題，我們再走好不好？」

這當然好了，那婦女當即點頭，把一百美金遞給她老公，她老公當即接了鈔票，先拿到眼前看了看，彈了彈，感覺跟人民幣有些不同，但也說不出所以然來，只能通過銀行兌換了，一來可以弄清這美金是真是假，二來也能找零，只要知道這美金是真還是假，就好辦了。

她老公拿著美金直奔街外斜對面的銀行，差不多過了二十分鐘，她老公就笑嘻嘻地回來了，進店裏就掏了六百多塊錢出來，說道：

「老闆，一百美金換成零票了。」

周宣從六百多塊錢中，取了兩百塊錢，然後說道：「我只要兩百就夠了，剩下的是飯菜錢和麻煩你到銀行跑路的辛苦錢。」

那老闆千恩萬謝了周宣，說實在的，在他這樣的小店中，給幾百塊的小費，可是從來都沒有過的事，一般是不會有人多給的，因為來這裏消費的都是些打工的外地人，月收入就兩三千塊，而這個店裏的消費，也都是幾塊，至多是幾十元，超過一百元的都很少。

周宣不再多說，站起身跟王欣一起離開了。

王欣看著周宣這會兒正常地做事說話，覺得這個才是真正的周宣，那個有超能力又凶狠的周宣，倒是一下子就變遠了。

周宣讀到了王欣的思想，在街頭看了看遠處的街景，然後說道：

「王欣，不要覺得我很兇狠，對那些兇狠的人，你只能選擇更兇狠，他們加到你身上的傷害要加倍奉還到他們身上去，這才是他們應得的。

我以前也很善良很軟弱，但我發現，對善良人來講，忍讓或許是一種美德，但對於那些壞人來講，忍讓就是助紂為虐了，他們不會因為你的忍讓而幡然醒悟，你的軟弱只會激起他們更殘忍的獸性。」

王欣默然下來，確實是，在留學的四年間，她遇到這樣的事還少嗎？從來都不曾少過，那些人只會毫無人性地來傷害你，你越慘，他們越得意。或許周宣說的是正確的。

周宣說話間，又把王欣帶到一間銀行裏，往王欣的帳號中轉了一百萬的現金，然後說道：

「王欣，如果你願意的話，這一百萬就是你家裏的安置費用，你把家裏的事處理好。到了我那裏後，回來一次或許就有些難了，但有一點你放心，如果你想回來看家人，是沒有任何限制的，你隨時可以回家。我不缺錢，只缺少能互相信任，當朋友當親人的夥伴。我不是請傭人僕人，我想你明白我的意思，我有家人有妻子兒女，我多請點人，一是為了保護他們，二是熱鬧一點。錢，不是問題。」

王欣眉頭已經完全舒展開來，周宣是真的沒有騙她，以周宣的實力，現在，恐怕無論是經濟還是個人本身的能力，王欣相信，這世界上已經沒有任何力量能夠傷害到他了。

而且周宣很真誠，把有妻子兒女的事都提前告訴了她，那就是讓她不要認為周宣是為了她的美色，提前跟她說了，也是為了不讓她太過失望。

如此一來，王欣反而更要跟周宣去了，這時她才想到，以前辛苦四年的留學經歷，又痛苦又後悔，有些白白浪費青春的感覺，要不是遇到周宣，說不定自己很快就會變成悲慘世界裏的一員了。

再想到周宣，這麼一個神奇的人，應該不是跟她一樣的凡人吧，又怎麼會和她是老鄉？有些無厘頭的感覺。

周宣笑笑道：「你不要覺得奇怪，我原本就是一個普通人，我老家在武當山下的一個村子裏，我爸爸是種橘子樹的，我們家有六七畝地，全部栽了橘子樹，不過，後來我們全家搬遷到城裏，老家的房子和橘子樹就轉給了別人。」

王欣詫然道：「你們家是種橘子樹的？那當真是巧了，我們家也種了八九畝橘子，而且我出國留學後，我爸媽又多承包了幾畝地，每一年能收入六七萬塊。不過，我們家負擔很重，我還有個弟弟，我留學時，他才初一，現在高二了，成績特別好，只是我家裏因為我已經欠了十多萬債，我弟弟就不想念書了，想去打工掙錢還債。」

在武當山下的那一帶，農村的地絕大部分都是種植橘子樹的，收入相對來說還不錯，而且也沒有種植其他農作物那麼麻煩，橘子樹比較容易養護一些，所以王欣說很巧，其實也不算是很巧。

王欣心事一去，就什麼都不擔心了，心想，以後她就算再有出息，再有能耐，這一生也不可能這麼快賺到一百萬美金，但周宣毫不猶豫地就轉給了她一百萬，就衝這筆錢，她就信任周宣了。

錢雖然不是萬能的，但有時候，有些人卻是不得不為錢掙扎著，王欣就是如此，可以說，她就一直在為錢掙扎。

現在，王欣絕對不對周宣有別的想法，也不再懷疑周宣對她是別有居心的了。如果周宣只是想要美女，可以毫不誇張地說，一百萬美金，能買到比她更漂亮的幾十個女人回來，周宣又豈會因爲美色而對她下那麼大的本錢？而且，現在王欣可以感覺到周宣的真誠，也可以相信他不是那種人。

沉吟了一陣，王欣又對周宣猶豫著說道：

「周大哥，我……我想……」

「有什麼事你直說，不用擔心什麼，只要我能辦得到的，我一定幫忙！」

周宣看得出來，王欣有話要說，但又有些猶豫。

這時候，周宣不想再去讀這個女孩子的思想了，因爲她單純樸實，沒有什麼居心，所以他不願意偷看她的思想。

王欣有些不好意思地說道：

「我……我想請周大哥陪我回老家一趟，可以嗎？」

「這個……」周宣猶豫了一下，然後又瞧著王欣可憐又不好意思的表情，想了想，還是點了點頭，問道：「好吧，我跟家裏人打個電話說一下，讓他們不要擔心！」

王欣頓時高興起來，臉色紅潤，像個蘋果一樣，一邊走又一邊說道：

「我這次回家的話，要是說找到了年薪超過百萬美金的工作，我家裏的人肯定不相信，會以爲我在外面幹什麼壞事，如果周大哥能跟我一起回老家，我就說周大哥是我的老闆，這錢是你付給我的，我再說起你的身分，那他們就能相信了。我的意思是，如果我要離開家很長一段時間，我得安排好家裏，才能放心地走！」

周宣頓時感嘆起來，王欣當真是一個有孝心的好女孩，能有這樣的想法，有了錢不忘本，那是真的不錯，自己就陪她回去一趟吧。這也算是好事，幫她解決一下困難也好。以自己的身分，這個倒沒有什麼需要保密的，傳家的名頭天下皆知，用不著藏著掖著。自己也的確是王欣的老闆，工資也是他開的，這個並沒有說假話。

再說，自己要帶她到國外很遠的地方，這一走，可能就是幾年甚至是一輩子，她一個女孩子有這樣的想法和安排也是很正常的，他又怎麼能不幫？

想了想，周宣就又問道：「王欣，你會幾門外語？」

王欣當即回答道：「三門，主修英語，第二外語是日語，還有西班牙語！」

停了停，王欣又問道：「周大哥，我以後主要是負責什麼樣的事務？」

周宣想了想，羅婭已經是家裏的管家了，不需要再多一個人，而且相對來說，羅婭負責家管很合適，而且身手又好，可以適當保護家人。

王欣身手不行，但在學識和公務能力上是要強過羅婭的，想了想便道：

「那這樣吧，家裏已經有了一個管家，你就作爲我的私人助理吧，替我應付一切應酬事宜，對了……」

周宣忽然想起一件事，趕緊說道：

「如果你幫我處理事務，估計以後會遇到很多國家的人，如果每一次都要請翻譯的話，很麻煩，我有一個外星高科技的東西，叫做『語言交流轉換器』，這東西很神奇，不僅可以與世界上任何地方的語言交談，甚至是鳥獸之類的都可以溝通！」

周宣說著，把手腕上的那個語言交換器取下來遞給了王欣。

現在他擁有了讀心術，對任何地區的人種，他都可以讀到他們的思想，不用語言交換器也是一樣的，所以說，這個交換器對他來講，已經沒有多大用處了，不如給王欣。

如果王欣來給他處理一切涉外事情，那這個轉換器就起大作用了，王欣就能懂得全世界任何國家的語言，甚至是任何方言，哪怕最原始的部落族人，也都是一樣的。

王欣很是奇怪，當即把這個跟手錶一樣的東西接過來戴到手腕上，周宣又把使用方法完整地告訴她。

王欣左右看了看，沒有一個外國人，也沒有一個動物，沒得試，但聽到周宣說得那麼神奇，心裏便很激動。

說實話，這麼神奇的東西，她的確沒見過，甚至是想都沒想過。

想想看，她讀大學的這些年，是多麼用功，花了許多的時間心血才學會三門外語，但周宣給她的這個東西，一秒鐘之內就讓她數年的心血付之東流，讓她毫不費力地就擁有了世界上任何語言的交流能力，想想就不可思議！

世界上的各種語言，再加上地區上的方言，那又何止千百種？可以說有數千過萬種之多，但她一下子就能學會全部的語言，不是收穫太大了嗎？

如果不是周宣給她這個東西，那她就算是一個絕頂天才，就算她從一出生就學，一直學到死的那一刻，只怕也學不完這麼多種的語言！

王欣又興奮又激動，但又有些懷疑這東西的真實性，雖然她對周宣的能力是絕不懷疑的，也相信周宣的話，但想這東西如此神奇，到底還是有些懷疑起來，是不是真的能懂那麼多？

可惜這一帶沒有外國人，又沒有共他動物經過。

周宣看到王欣的眼神，便即知道她在想什麼，笑呵呵指著前面一間寵物店，然後說道：「王欣，那兒有一間寵物店，我們過去瞧瞧，你再試一試那語言轉換器，看看好不好用！」

王欣當即快速走過去，急急地想試這件寶貝，看看是不是如周宣所說的那麼神奇。

寵物店的老闆是一個二十多歲的女孩子，臉圓圓的，鼻尖上有幾顆小雀斑，不醜也說不上漂亮，但打扮很新潮，看起來有一些韻味。

「歡迎光臨，小姐，喜歡什麼動物？」

王欣一走到門邊，那女孩子便迎上來，熱情招呼著。

王欣說道：「我先自己看看！」

那女孩子便笑著附和道：「好好好，你請便！」

說著，那女孩子又看到周宣走過來，只是她還沒說話，周宣便先開了口，堵住了她的話：「我是跟她一起的，她看好什麼就要什麼吧！」

那女孩子當即點頭道：「好，請隨便觀看！」

王欣看了看，這間寵物店不是很大，總面積也不過五十多平方，店裏全是籠子，有鳥類，有兔子，有小雞、小鴨，有烏龜、小白鼠，還有一些金魚，兔子和雞鴨都是剛生沒多久的，看來十分可愛。

王欣按照周宣的說法，按了一下按鍵，腦中暗中想與一隻兔子作交談，腦中就響起了轉換器的聲音：「請選擇交談對象。」

王欣首先選擇了兔子作爲交談對象，馬上，腦中便清楚聽見了那隻小白兔低低的聲音：「我餓……我餓……」

王欣當即回答道：「好好，我給你找吃的！」說著，就在店裏的飼料袋處看了看，有一個寫著兔子的飼料，當即便抓了一點點，又回到那個籠子面前，把飼料輕輕撒在籠子裡的食器中。

那小兔子急急吃了起來。因爲寵物店的小動物實在太多，那老闆一時忙不過來，有時候中間忘掉一兩種動物的飲食也是很正常的，再加上這個女老闆只是做生意，對寵物們並不是真正有愛心，所以常會忘這忘那的。

此時聽到王欣忽然嘴裏說起奇怪的話，似乎跟兔子聲音很像，又見到王欣到旁邊拿了兔子飼料給牠餵食，怔了怔後便想到，難道王欣是個很懂的行家？

王欣接著又跟一隻八哥，一隻小鴨子，一隻小白鼠交談了起來，當真是得心應手，而那個老闆娘見到王欣一下子又學鳥叫，一下子又學鴨子叫，一下子又學老鼠叫，而那幾個小動物都隨著她的叫聲在籠子中歡呼雀躍，很是興奮，不禁奇怪起來。

進店裏來逗弄這些小動物的客人也不在少數，幾乎進來看的那些客人們，都會學著小動物的叫聲，但這些小動物從來都是不理不睬的，而王欣居然能惹得牠們叫躍跳動，當真是古怪！

王欣這時聽到那些小動物跟她說，在這裏有多痛苦，又餓，又受驚嚇，老闆從抓到牠們的人手中把牠們買過來後，只是拿牠們換錢，當做賺錢工具之類的。

王欣本來只是想試用一下那語言轉換器的功能，看看是不是真的有周宣說的那麼神奇，現在看來，果真是十分神奇。

周宣在旁邊看著王欣與小動物交流著，心裏一動，也想起自己的讀心術來，讀心術能讀到人類，不知能不能讀到動物？

如果能讀懂動物的思想，看起來也不錯，一想到這個，周宣毫不遲疑地就運起異能去讀那些小動物的思想。

腦波當真是不分國界。周宣的異能一探測到那些小動物的腦子中，小動物們的思想便立刻傳到他的腦子裏，小動物們在想著什麼，也全都被周宣探測到。

看來他的異能讀心術，跟語言交流轉換器的功能是差不多的，但異能更方便更好使用，原來以爲讀心術只能讀到人類的思想，但沒想到，這一試探，倒連動物的思想也能讀到，頗有意外之喜。

那年輕的老闆娘見到王欣與小動物玩得不亦樂乎的樣子，當即上前說道：

「小姐，你是不是養過小動物啊？我看你很有經驗，不知道你能不能幫我看看那隻鸚鵡？也不知道怎麼回事，原來這隻鸚鵡還會說一句似人聲的話，但這兩個月來突然悶悶地不說話了，而且吃的東西也在減少，我擔心是不是牠出了什麼問題，又沒有醫生能懂，獸醫也不知如何給鳥治病，如果你懂的話，請幫我看看吧！」

那老闆娘很心疼，當然不是心疼這隻鸚鵡生病了，而是這隻鸚鵡在店裏算是最貴的一個動物，要是不幸生病死了，那可損失大了。

這隻鸚鵡要賣六千塊，當然，要是牠會說話，價格更是高達兩萬多，自從不開口說話後，價格就低了很多，出價的人變少，她也捨不得賣了，可又沒辦法治好牠的病，所以很心疼。

王欣微微一笑，當即把交流對象換成了那隻鸚鵡。

「你怎麼了？有什麼需要我幫忙的嗎？」

請續看《淘寶黃金手II》卷十二 超級對決

【附錄】

兩岸主要古玩市場・市集地址

台灣古玩市場・市集地址

台北市建國假日玉市：北市仁愛路、濟南路及建國南路高架橋下

台北市光華假日玉市：新生北路與八德路口

台北市三普古董商場：台北市新生南路一段十四號

台北市大都會珠寶古董商場：台北市中山區松江路二九一號B1

新竹市東門市場：新竹市東區中正路一〇六號

台中市立文化中心周遭：英才路、美村路、林森路、公益路、金山路和民生路等地段

台中市第五期重劃區：大隆路、精明一街、精明二街、東興路和大業路等地段

彰化：彰鹿路

高雄市：廣州街、廈門街、七賢三街、中正路、大豐路等

大陸古玩市場．市集地址

北京古玩城：北京市朝陽區東三環南路廿一號

北京潘家園舊貨市場：北京市朝陽區華威里十八號

上海國際收藏品市場：上海市江西中路四五七號

天津古物市場：天津市南開區東馬路水閣大街三十號

天津古玩城：天津市南開區古文化街

重慶市綜合類收藏品市場：重慶市渝中區較場口八二號

廣東省深圳市古玩城：廣東省深圳市樂園路十三號

廣東省深圳華之萃古玩世界：廣東省深圳市紅嶺路荔景大廈

江蘇省南京夫子廟市場：江蘇省南京市夫子廟東市

江蘇省南京金陵收藏品市場：江蘇省南京市清涼山公園

浙江省杭州市民間收藏品交易市場：浙江省杭州市湖墅南路

浙江省紹興市古玩市場：浙江省紹興市紹興府河街四一號

福建省白鷺洲古玩城：福建省廈門市湖濱中路

福建省泉州市塗門街古玩市場：福建省泉州市狀元街、文化街及鐘樓附近

河南省洛陽市西工古玩市場：河南省洛陽市洛陽中州路

河南省洛陽市潞澤文物古玩市場：河南省洛陽市九都東路一三三號

湖北省武昌市古玩城：湖北省武昌市東湖中南路
四川省成都市文物古玩市場：四川省成都市青華路三六號
遼寧省大連市古玩城：遼寧省大連市港灣街一號
遼寧省瀋陽市古玩城：遼寧省瀋陽市瀋陽故宮附近
黑龍江省哈爾濱市馬家街古玩市場：黑龍江省哈爾濱市南崗區馬家街西頭
吉林省長春市吉發古玩城：吉林省長春市清明街七四號
山東省青島市古玩市場：山東省青島市昌樂路
河北省石家莊市古玩城：河北省石家莊市西大街一號
山西省平遙古物市場：山西省平遙縣明清街
山西省太原南宮收藏品市場：山西省太原市迎澤路
陝西省西安市古玩城：陝西省西安市朱雀大街中段二號
安徽省合肥市城隍廟古玩城：安徽省合肥市城隍廟
甘肅省蘭州古玩城：甘肅省蘭州市白塔山公園
雲南省昆明市古玩城：雲南省昆明市桃園街一一九號
江西省南昌市滕王閣古玩市場：江西省南昌市滕王閣
貴州省貴陽市花鳥古玩市場：貴州省貴陽市陽明路
湖南省長沙市博物館古玩一條街：湖南省長沙市清水塘路

淘寶黃金手II 卷十一 一字千金

作者：羅曉
出版者：風雲時代出版股份有限公司
出版所：風雲時代出版股份有限公司
地址：105台北市民生東路五段178號7樓之3
風雲書網：http://www.eastbooks.com.tw
官方部落格：http://eastbooks.pixnet.net/blog
Facebook：http://www.facebook.com/h7560949
信箱：h7560949@ms15.hinet.net
郵撥帳號：12043291
服務專線：(02)27560949
傳真專線：(02)27653799
執行主編：朱墨菲
美術編輯：許惠芳

法律顧問：永然法律事務所 李永然律師
北辰著作權事務所 蕭雄淋律師

版權授權：蔡雷平
初版日期：2014年1月
初版二刷：2014年1月20日
ISBN：978-986-5803-41-4

總經銷：成信文化事業股份有限公司
地　址：新北市新店區中正路四維巷二弄2號4樓
電　話：(02)2219-2080

行政院新聞局局版台業字第3595號 營利事業統一編號22759935

定價：280元　特價：199元

國家圖書館出版品預行編目資料

淘寶黃金手II／羅曉著. -- 初版-- 臺北市：風雲時代，
2013.07 -- 冊；公分

ISBN 978-986-5803-41-4（第11冊；平裝）

857.7　　102010303